OU SE CACHE LE BONHEUR

PAR

H. ROUX-FERRAND

Deuxième édition

PARIS
LIBRAIRIE OLMER
RUE BONAPARTE, 53

1878

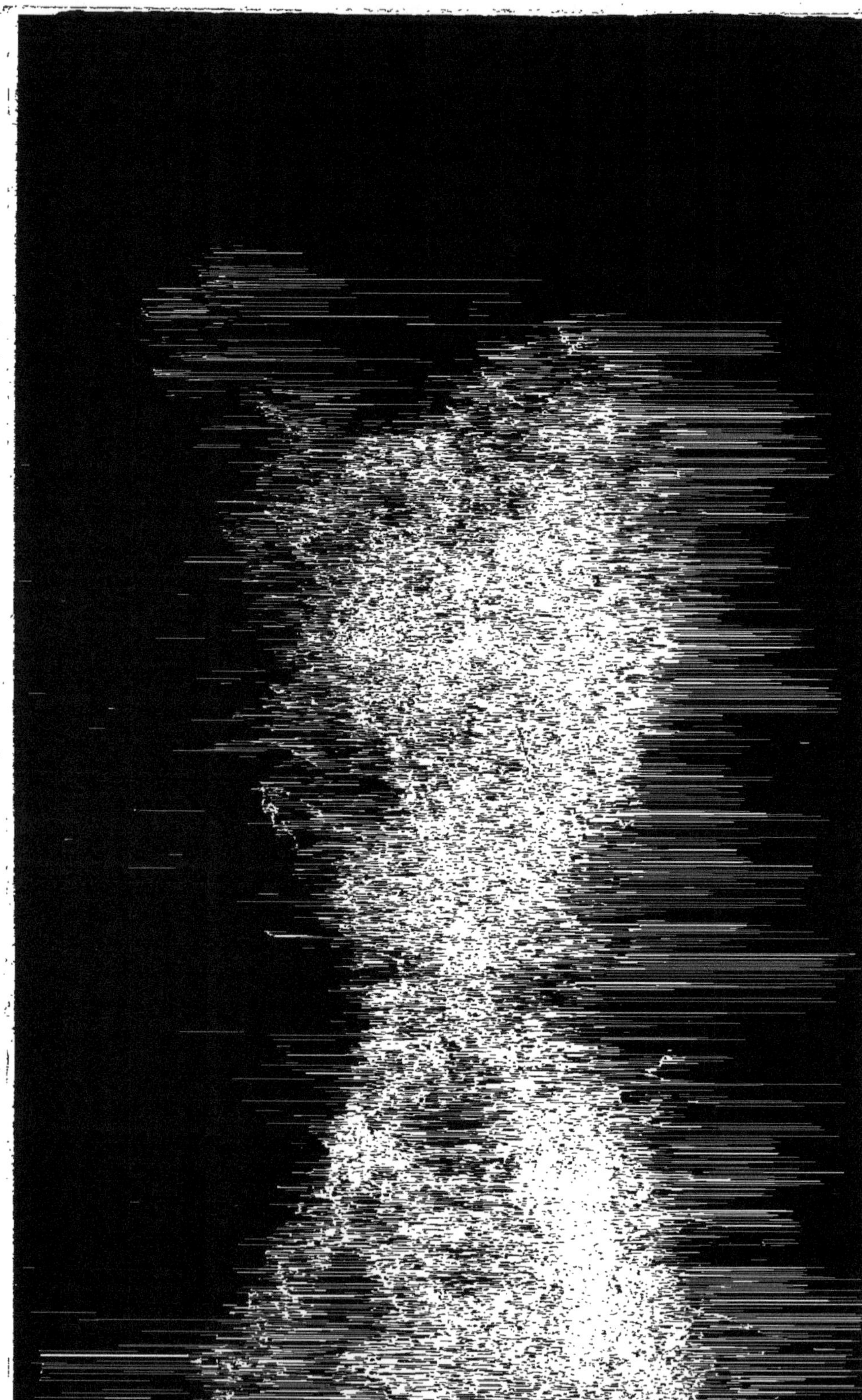

OU SE CACHE

LE BONHEUR

A MES ENFANTS

OU SE CACHE LE BONHEUR

PAR

H. ROUX-FERRAND

Deuxième édition

PARIS
LIBRAIRIE OLMER
RUE BONAPARTE, 53

1878

OU SE CACHE LE BONHEUR

Le bonheur! nous le cherchons tous et personne ne le trouve... Pourquoi ? C'est qu'il n'existe pas, au moins complet, en ce bas monde. Il n'est cependant pas défendu d'essayer de s'en rapprocher le plus possible.

Les uns le voient dans l'étude de la science, des lettres ou des arts.

D'autres dans les travaux agricoles ou la culture des fleurs.

D'autres dans le sport, le jeu, la gastronomie et les plaisirs de toute nature.

Quelques-uns (mais ils sont rares) dans l'accomplissement du devoir et la pratique de la charité.

D'autres enfin dans les voyages et l'exploration des cinq parties du monde.

Le vicomte d'Arfeuil était au nombre de ces derniers ; aussi s'était-il fait une de ces existences nomades, aventureuses et excentriques qui ne peuvent supporter le repos. L'indépendance la plus complète était sa marotte, et, s'il ne gênait pas les autres, il n'entendait pas non plus être gêné en rien. Il était, selon la lubie du moment, en Russie, en

Espagne ou en Angleterre, au milieu des glaces de la Sibérie, ou dans les déserts du Sahara, cherchant du nouveau, de l'imprévu, du romanesque et rencontrant souvent un dénuement absolu, que, du reste, il redoutait peu, tant ses besoins avaient été réduits à la plus simple expression. Il ne refusait pas, lorsqu'un hasard bienveillant le mettait devant lui, un festin de Balthazard, mais le plus souvent un morceau de pain dur trempé dans l'eau et une pincée de tabac à fûmer, qu'il roulait en cigarettes, suffisaient à sa journée.

Quand il arrivait dans les Cevennes et y restait, par impossible, un ou deux mois, ils étaient remplis par des récits interminables et des tendresses telles qu'on eût cru que son seul bonheur était de passer sa vie au sein de sa famille; mais, au bout de quelques semaines, l'amour de la locomotion l'emportait, et un beau matin on le cherchait en vain dans sa cage, l'oiseau avait disparu.

Le 30 octobre 1840, la famille d'Arfeuil était réunie à son château, sur les bords du Gardon ; après un été plein de charme passé à l'ombre des châtaigniers séculaires disséminés dans des prairies à perte de vue, au milieu des bergères de Florian, un peu dépoétisées, il est vrai, mais toujours fraîches et gaies, l'hiver arrivait, et la jeune famille de la comtesse soupirait après les brillantes réunions de Paris ; la mère seule, heureuse au milieu de ses fermiers qui l'aimaient et de ses pauvres qui la bénissaient, eût désiré ne pas sortir du manoir, mais son bon cœur ne savait pas résister aux désirs de ses enfants.

On songeait donc au départ et chacun s'y préparait,

quand l'arrivée imprévue du septuagénaire en ordonna autrement.

Après une longue excursion sur les bords de la Tamise, il avait senti le besoin de revoir sa famille, et, supposant qu'elle était encore réunie à son château du Gardon, il prit son vol de ce côté. Malheureusement, il n'avait pas bien calculé son temps : il y tomba, comme un ouragan, au moment où les crinolines s'accumulaient dans d'incommensurables caisses de voyage et où les fusils reprenaient leur place accoutumée pour ne plus voir le jour qu'à l'ouverture de la chasse de l'année suivante ; il apparut sur le seuil de la porte, portant sa vieille pipe turque en bandoulière.

Si on lui eût dit que le jour et l'heure du départ pour Paris étaient. déjà fixés, il serait immédiatement reparti pour retrouver un thermomètre plus clément à Constantinople ou à Naples, mais on le connaissait, et on se garda bien de lui faire part des projets de la famille ; les fusils revirent le jour et on se résigna, sans mot dire, à rester sur les bords du Gardon pendant le temps que le voyageur voudrait demeurer au château.

Toutefois les jeunes visages étaient tristes et la gracieuse châtelaine cherchait une compensation qui fit oublier cette contrariété momentanée.

Après un repas improvisé, on organisa d'abord une partie de chasse pour le lendemain, mais le vieillard en revint épuisé de fatigue, sans vouloir en convenir.

— Cher frère, lui dit-elle le soir, pendant qu'il fûmait sa longue pipe sur un fauteuil moelleux, cet exercice vous exténue, cette folle jeunesse finirait par vous mettre sur le grabat, si je n'y veillais : au lieu de courir bois et collines à la suite de Médor, Salpêtre ou Tayaut, contez-nous donc un de ces contes que vous dites si bien et que vous savez toujours rendre originaux et intéressants. Puis, nous irons rejoindre M. d'Arfeuil qui nous attend à Paris.

— Un conte! répondit-il, j'ai trop de vraies histoires dans ma gibecière pour en inventer de moins intéressantes, car le vrai est autant au-dessus du faux que le diamant est au-dessus du Strass.

— C'est mieux encore, dit la châtelaine.

— Voyons, chère sœur, dans quel pays voulez-vous voyager ? Je suis un peu, comme le Juif-Errant, de tous les climats.

— Mais... c'est à votre choix, les mœurs et les usages de chaque pays ont leur intérêt particulier.

— C'est cela ! j'essayerai donc de vous redire ce que j'ai vu ou entendu de plus intéressant dans les contrées que je viens de parcourir. Commencerons-nous par l'Espagne, l'Italie ou l'Angleterre ?

— Peu importe ! s'écria l'aîné des garçons, pourvu que ce soit gai.

— Gai ? dit le vieillard en riant, cela me va...

— Eh ! là, là ! interrompit la mère prudente, en menaçant du doigt le jovial voyageur, gai ? Je le veux bien, mais pas trop cependant !

— Soyez tranquille, ma sœur, on connaît son auditoire et on se respecte, on n'a pas soixante-dix ans pour rien. Mais commençons-nous ? Je suis prêt ; j'ai justement à vous donner le récit de la journée d'un antiquaire anglais. Ce sera pris sur nature, car j'étais à Londres il y a huit jours, et il me fait l'honneur de me compter parmi ses bibelots, comme un animal rare... non encore empaillé. Mais il est bien tard aujourd'hui.,.

— Mon oncle a raison, dit Adrien, nous nous sommes éreintés à la poursuite d'un vieux loup que les neiges des Cevennes ont poussé dans le bois, remettons la partie à demain ; nous ne ferons dans la journée de l'exercice qu'autour du billard et nous serons tout oreilles après le diner...

— Et le café, dit la comtesse.

— Et le cognac, ajouta le vieillard fidèle à ses habitudes.

— Et le punch ! ajouta Léon.

— Tout juste assez pour n'être pas gris, mon petit neveu ; j'aime cela : un bon repas met en gaieté et le conteur y gagne de l'indulgence : *Bonum vinum lætificat cor,* dit le Sage et le Sage a raison.

La famille se sépara sur cette citation.

Le lendemain soir, toute la famille était réunie autour d'un bol de punch, le vicomte d'Arfeuil alluma sa pipe et commença ainsi son récit :

« J'aurais bien voulu d'abord vous parler de ce Paris que vous aimez tant, mais c'est une passion que je ne partage pas ; non certes que je nie la beauté et la multiplicité de ses monuments, de ses musées, de ses jardins et de ses voies publiques resplendissantes de gaz et de curiosités de toute nature, mais on ne vit pas seulement par les yeux, et puis c'est toujours le même spectacle que vous connaissez aussi bien que moi.

» Un philosophe moderne dit que le Français est le type

de l'esprit, l'Espagnol le type de l'orgueil, l'Allemand celui du rêveur mélancolique, le Polonais du courage brillant... Ne pourrait-on pas dire que l'Anglais est le type de l'excentricité ? Il n'y a là ni nature ni art, tout y est industrie. « L'Albion moderne n'est qu'une grande boutique servie par des commis de mauvaise humeur (1). » Eh bien ! c'est une des nombreuses preuves de cette assertion que j'ai voulu vous donner en photographiant une boutique d'antiquités de la Cité et le portrait du marchand qui l'exploite (2). »

Collectionneur fanatique de vieilleries historiques, grand amateur d'objets d'art, Sydney réunissait dans sa boutique tout ce qui pouvait satisfaire le goût des artistes, des savants, des gens du monde ou exciter la curiosité du *populaire*. Puis, à l'occasion de ces mêmes objets, il moralisait et faisait la leçon aux acheteurs. Quelques-uns s'en offensaient et ne reparaissaient plus ; d'autres s'en amusaient et revenaient au contraire pour recevoir du vieux marchand, et lui rendre au besoin, quelque bonne vérité. Tout est amusement pour un gentleman oisif, depuis les combats de coqs jusqu'aux coups de poing moins inoffensifs des boxeurs.

Sydney avait une fille, ange de beauté jusqu'à l'âge de vingt-cinq ans ; désirant vivement passer du joug paternel

(1) Le marquis de Custine.
(2) The Toy Shop. V. Rob Dodsley.

sous celui d'un époux, mais se fanant tous les jours davantage à mesure qu'elle perdait l'espérance de trouver ce phénix, toujours repoussé par son père, sous un prétexte ou sous un autre.

A chacun son idée fixe dans cette singulière famille : le bric-à-brac était celle du père, le Gin (1) celle de la mère, le mariage celle de la fille et cette dernière s'accordait peu avec les deux autres. Aussi les roses finirent par se changer en lys sur son joli visage et plus tard les larmes creusèrent des sillons sur ses joues vierges.

Il est huit heures du matin ; nous trouvons le marchand Sydney sur le seuil de sa boutique, conversant avec un gentleman matinal qui avait l'habitude d'aller fumer sa pipe sur l'un des quais de la Tamise pour éveiller son appétit.

— Je vous arrête au passage, mylord, lui dit-il (mylord était un titre dont il avait l'habitude de gratifier tous ses clients et il donnait pour raison que la vanité des riches désœuvrés aidait plus à sa vente que l'amour de l'art), la rivière est malsaine par ce brouillard glacé, venez fumer chez moi le calumet de paix, vous y serez plus en sûreté qu'au milieu des crocheteurs du port et je vous montrerai mes nouveaux achats.

— Vous avez donc de belles nouveautés, mon cher Sydney ?

— Belles ou non, je les achète à bon marché et les vends très-cher, grâce à la sottise des riches. Il faut bien renouveler la provision de genièvre de la ménagère et les parures de sa fille.

(1) Eau-de-vie de Genièvre.

— Toujours quelque chose de gracieux sur elles et sur nous... Vous êtes toujours le même !

— Pourquoi changer quand on est bien ainsi ?

— Ceci est une question : Ne seriez-vous pas un peu trop frondeur ?

— Il faut bien alimenter la conversation.

— Curieux ?

— Mon métier l'exige.

— Médisant ?

— Cela allèche la pratique.

— Impertinent ?

— On me le pardonne puisqu'on revient. La boutique est pleine, du lever de l'*aurore aux doigts de rose* au coucher du *blond Phœbus*.

— Quel original !

— Vous me flattez : original est un titre que j'ambitionne. Si j'avais été jeté dans le moule de tout le monde, lords et ladys, gentleman et populaire, financiers, savants en *us* et gratte-papiers passeraient devant la boutique du pauvre marchand sans s'y arrêter... et tenez, Mylord, vous, tout le premier.

— Possible ! dit l'Anglais en allumant son cigare.

— Voilà bien la paille et la poutre, reprit Sydney d'un air un peu ironique : vous énumériez mes vices et vous avez tous les défauts réunis, dans le seul but de tuer le temps, car... vous prisez aussi ?

— Certainement, monsieur le railleur.

— Ceci n'était qu'un exorde pour vous montrer une magnifique tabatière.

— Je n'ai que faire de vos tabatières ; on ne voit que cela chez vous.

— Ma collection est complète en effet.

— Qu'appelez-vous collection complète en fait de tabatières ?

— Trois cent soixante-six. Une pour chaque jour de l'année et une en sus pour les années bissextiles. C'est cette dernière que je cherchais depuis un an et je l'ai trouvée chez un marchand de Smyrne. Elle est tirée d'un os d'hippopotame femelle.

— L'idée est neuve, mais elle me séduit peu et je vous quitte, car je ne puis aujourd'hui admirer vos bagatelles. J'ai cassé le verre de mes lunettes...

— Deux mots, sur lesquels je vous arrête, interrompit Sydney ; *Bagatelle*, d'abord : vous dites ce mot d'un air qui touche au mépris ! Y a-t-il dans le monde autre chose que des *bagatelles ?* Ne sommes-nous pas dans le siècle des *Riens ?* Il n'y a que les Riens d'estimés ; on ne lit que les auteurs frivoles, on ne recherche que de frivoles amusements et on se dispute pour des opinions non moins frivoles. Quel est le prétendant que choisit la jeune fille ? En général le plus inconsistant ! La femme légère est la reine des salons.

— Allons, allons, vous exagérez, mon chez Héraclite.

— J'exagère, dites-vous ? et ne voyez-vous pas tous les jours des hommes, réputés sages, user de leur temps, de leur fortune, de leur réputation comme de bagatelles ? Quel spectacle vous offre le monde dans lequel vous vivez ? la probité, la conscience, l'honneur ? pures bagatelles ! la religion enfin est pour les gens qui se décorent du beau nom de philosophe la bagatelle dont ils se soucient le moins.

— Avez-vous fini ? dit le gentleman en riant.

— Non, car je vous reprends sur le mot *lunette.*

— Vous êtes une véritable encyclopédie, mon cher.

— Il le faut bien, si je veux rester à la hauteur du beau titre d'*antiquaire philosophe* qu'on me fait l'honneur de me donner. Mais puisque nous en sommes au mot *lunette*, rien de plus utile que ce petit meuble-là : votre ami vous rend-il un petit service ? faites-vous une grosse faute ? vous regardez par le bout qui rapetisse et amoindrit les objets, afin de diminuer la reconnaissance ou la culpabilité. Vous voyez par le même côté la vertu, le mérite des hommes et la beauté des femmes, mais vous tournez bien vite la lunette pour considérer les vices ou les défauts du prochain qui grossissent alors outre mesure. Ce court examen vous montre combien ma lunette est utile.

— Merci, mon cher marchand, dit le gentleman en le saluant assez succinctement, mes yeux me suffisent pour ce travail-là...

— Et la leçon vous déplaît ?

— Je ne l'ai pas écoutée.

— Voilà bien les hommes !

« De glace aux vérités, de feu pour le mensonge ! »

En général les clients affluaient le matin dans la boutique de notre marchand ; les dames n'y paraissaient que dans l'après-midi. Ce même jour, une élégante à la mode vint y savoir le prix d'une belle glace de Venise qui avait attiré ses regards en passant en équipage.

— Ce miroir, milady ? il n'y en a pas un pareil dans les trois royaumes : une coquette y voit sa vanité, une prude son hypocrisie ; les femmes y considèrent en général plus de prétentions que de grâces et plus d'esprit cherché que de naturel.

— Voilà, sur ma parole, un singulier marchand ! dit l'acheteuse ; je ne vous ai point demandé les propriétés de votre glace, mais son prix.

— Mais, Milady, il était indispensable de vous faire connaître ses propriétés pour vous empêcher de contester sur le prix. Ce prix est de dix guinées et après ce que je vous ai dit, vous conviendrez que ce n'est pas trop.

— Vous croyez ! mais, précisément à cause de ce que vous m'avez dit, je n'ose plus m'y regarder...

— De peur d'y apercevoir des défauts que vous ne connaissez pas ; c'est dangereux en effet.

— Drôle de corps ! s'écria la grande dame, savez-vous, monsieur le marchand de phénomènes, que vous feriez aussi bien de vendre des bibles que des bibelots puisque chacun des vôtres est le texte d'un sermon.

— Mais, Milady, il y a chez moi cet avantage qu'on trouve pour le même prix le texte et le sermon. Si celui-ci s'oublie le premier reste.

— Merci ! pour moi, le sermon gâte le texte et votre glace si précieuse sera mieux placée chez un quaker ou un méthodiste que chez une femme du monde.

— Mauvaise journée ! fit le marchand, la franchise me réussit peu aujourd'hui. Mais voici une vieille douairière, j'en aurai meilleur marché.

Vous faut-il quelque chose mistress ? dit-il en la voyant entrer ; une servante suivait avec une boîte de velours très-élégante.

— Je voudrais voir vos chiens, monsieur le marchand.

— Mes chiens ?

— Vos chiens empaillés. Vous devez en avoir.

— En voici en effet de très-remarquables ; ils ont été,

de leur vivant de grands personnages : celui que vous voyez sur cette étagère se nommait Pharamond ; il n'a jamais mangé que dans de l'argenterie ou de la porcelaine; son couvert était mis à la table des invités et il prenait son café dans sa tasse, comme un vrai gentleman. Il n'a jamais mis les pieds que sur un tapis ou un coussin de soie. Il est vrai qu'il appartenait à l'une des plus puissantes dames des trois royaumes ; aussi a-t-il reçu dans cette condition plus de compliments et de respects qu'un ministre d'État.

— Bah ! que me contez-vous donc là ? fit la douairière émerveillée.

— Il fallait bien que ce fut un chien de distinction, continua le marchand, puisqu'à sa mort une des plus grandes familles de l'Angleterre fut toute en larmes et ne reçut aucune visite pendant une semaine. Ce petit animal, dans le temps de sa faveur, fit renvoyer de la maison plus de vingt domestiques qui avaient méprisé sa personne ou négligé de prendre soin de lui, ou qui, enfin, l'avaient servi avec impertinence.

— De quelle race était-il donc ? fit la vieille dame avec le plus vif intérêt.

— Ce n'était ni un *Dingo* de la Nouvelle-Hollande, ni un *terre-neuve*, ni un *basset*, ni un *terrier*, ni un *épagneul* français, ni un *tétichi* américain, ni un *carlin*, ni un *turc* de salon, ni un *bichon* de Malte, c'était un *King-Charles*, un vrai compatriote dont le nom rappelle l'infortuné Charles Ier.

— Comme le mien ! reprit la douairière en essuyant une larme ; et ne serait-il pas indiscret de vous demander quelle est la maladie qui l'a emporté ? Est-ce une fièvre maligne, insidieuse ou pernicieuse ? est-ce une névrose inflammatoire ou venteuse ?

— La cause de sa mort est, jusqu'à présent, restée inconnue, dit Sydney d'un ton presque solennel, c'est un mystère impénétrable. La science ne pouvant parvenir à la découvrir, on en a accusé une femme de chambre qui, pour se venger de la préférence que sa maîtresse lui acordait, l'aurait empoisonné dans un moment de basse jalousie. Il n'y a pas eu de preuves certaines, malgré une enquête minutieuse, mais la camériste n'en a pas moins perdu sa place... et son honneur.

— Oh ! l'indigne créature que cette femme-là ! moi je l'aurais fait traduire devant la cour d'Assises pour cause de meurtre.

— Milady, fit le marchand ravi, je vous remercie de l'intérêt que vous portez à mon King-Charles.

— C'est que c'est justement mon histoire que vous racontez-là, mon cher monsieur ; tenez, dit-elle en levant le couvert de la boîte de velours que tenait la servante et en tirant une chienne morte qu'elle baisa en pleurant, voyez ! voyez ! le fil précieux de ses jours a été coupé.

Sydney crut devoir mêler un sanglot à ceux de la douairière, mais cette touchante marque de sympathie fut perdue : l'acheteuse se disposait à partir, après avoir satisfait sa curiosité.

— Heureusement, dit tout bas la servante à Sydney, la vieille ne se doute pas que c'est moi qui ai fait dîner cette vilaine bête avec de la mort aux rats.

— Oh ! mon aimable Chloë ! reprit sa maîtresse, ma tendre amie ! Je ne te tiendrai plus embrassée, je ne te réchaufferai plus sur mon sein, ta douce langue ne se promènera plus sur mon visage, ta bouche ne recevra plus de la mienne de délicates friandises...

— Mistress, dit Sydney, essayez de modérer votre chagrin et remerciez plutôt le ciel que ce ne soit pas votre mari que vous ayez perdu. Si je ne puis rendre la vie à votre idole, il m'est au moins facile de vous en donner l'équivalent empaillé.

— Ah ! monsieur ! qu'est-ce qu'un mari auprès de ma bien-aimée Chloé ? Mais j'accepte votre offre bienveillante et je ne vivrai plus jusqu'à ce que vous m'ayez rendu au moins son image adorée.

— Calmez-vous, Milady, et soyez certaine que j'y mettrai tous mes soins.

— Merci, monsieur, pour cette bonne parole.

— Pauvre femme ! dit-il en haussant les épaules quand elle fut partie, n'y a-t-il pas dans la vie assez de maux réels sans qu'on se crée des peines imaginaires ? mais le monde est ainsi fait : ce sont là les chagrins de ceux qui n'en ont pas d'autres. La vessie qui ne contient qu'une petite parcelle d'air s'enfle dans le vide... Si les heureux de la terre éprouvaient des misères *véritables*, ils verraient mourir deux mille chiens d'un œil sec.

La douairière sortie, un jeune homme se présenta :

— Je désirerais, dit-il, des tablettes en ivoire.

— Les voulez-vous avec la manière de s'en servir ?

— Qu'entendez-vous par là ? chacun, ce me semble, s'en sert selon ses besoins et ses affaires.

— Peut-être ! il y a des règles générales qu'il est bon de connaître, et par exemple : ne pas manquer de prendre note des bienfaits qu'on reçoit d'autrui, des défauts qu'on remarque en soi-même, des fautes où l'on tombe. Et si l'on aperçoit des travers chez les autres, en prendre note pour s'en garantir. Avec quelques règles semblables, vos tablettes vous deviendront un utile conseiller.

— Merci, Monsieur ! dit sèchement l'acheteur, je trouve vos tablettes fort jolies, mais vos conseils fort impertinents et je vous salue.

— Encore un ! Je n'ai pas de chance aujourd'hui.

Un marchand de la cité entrait en ce moment, demandant une paire de balances.

— Bon ! dit Sydney, un confrère ! j'en aurai meilleur marché. Les voulez-vous exactes, M. Pettmann ?

— Très-exactes. Elles doivent servir à des expériences de statique fort délicates.

— Vous pouvez en user en toute sûreté, j'en réponds ; je les ai essayées moi-même.

— Bien ! et... par quel procédé ?

— J'ai mis dans un des plateaux une grande quantité de promesses faites par des grands et une aile de mouche dans l'autre ; celle-ci l'a emporté. J'ai vu une plume de paon et la tête d'un lord tenir la balance en équilibre.

— Que me contez-vous donc là ? dit le confrère en riant, ces choses-là se pèsent-elles ?

— J'en ai pesé bien d'autres ! Sans cela aurais-je acquis la conviction que le savoir d'un sportman et l'esprit d'un pédant se font contrepoids ? que l'orgueil et la vanité font équilibre à l'ignorance ? qu'un grain de bon naturel l'emporte sur une once d'esprit et qu'un cœur aimant l'emporte sur une tonne d'or ? enfin qu'une fortune médiocre, dont on jouit avec gaîté, liberté, indépendance, fera pencher l'un des plateaux, quoiqu'on puisse mettre dans l'autre ?

— Fort bien! mais je vous avoue que, jusqu'à présent, je ne sache pas qu'on se soit occupé de cette branche de la statique. Ces substances-là n'ont pas de poids appréciable. Votre balance est très-curieuse, mais elle n'est pas assez positive pour un savant.

En ce moment, un vieillard se présenta sur le seuil de la boutique, soutenu par son domestique presqu'aussi âgé que lui.

— Monsieur le marchand, dit-il à Sydney, vous tenez, m'a-t-on dit, un magasin de bibelots, avez-vous quelque chose... là... pour un cadeau... quelque chose de rare?

— Certes, oui, Mylord, il ne manque pas de raretés ici: la plus ancienne est une planche de cuivre sur laquelle vous distinguerez, avec votre loupe, la figure d'Adam et d'Ève, la relation de leur entrée dans le paradis terrestre et de leur première entrevue. On y remarque que le discours d'Ève est trois fois plus long que celui de son époux.

— Cela doit être! dit le vieillard en souriant, et... après?

— J'ai une des cornes de bélier qui ont servi de trompette pour faire tomber les murailles de Jéricho, des cheveux de Samson, un morceau du manteau de Joseph, la musique de la cavatine qu'Orphée joua devant Pluton en réclamant son Eurydice. J'ai encore une tabatière faite avec le bois du tonneau de Diogène, la flûte dont jouait Caïus-Gracchus quand il craignait que la colère l'emporta trop loin. J'ai acheté cette flûte pour les jours où les cris de ma femme m'échauffent trop le sang. Elle m'a calmé bien des fois.

— C'est prudent... Mais à dire vrai tout cela ne constitue pas un cadeau d'étrennes comme je l'entends.

— Bah ! et que vous faut-il donc, Milord ?

— Je voudrais, comme j'en ai vu dans ma jeunesse, un emblême amoureux, un cœur percé d'une flèche, une bague avec une tendre devise, enfin quelque chose de galant.

— J'ai mieux , Milord : J'ai de petits chevaux de bois et des polichinelles.

— Que veut dire cela, Monsieur, est-ce une raillerie ?

— Goddam ! puisque vous remontez à vingt ans, je puis bien remonter dix ans plus haut... Si vous préférez descendre le courant, je vous offrirai une béquille.

Sortons John, dit le lord rouge de colère, on m'avait bien dit ce vieillard excentrique, mais son impertinence est par trop britannique, elle dépasse toute mesure.

Pendant ce colloque, un des habitués de Sydney était entré et s'était assis sans cérémonie. Quand le vieillard fut parti, il se rapprocha en riant et dit au marchand :

— Savez-vous, mon cher voisin, que les libertés... un peu fortes que vous prenez avec vos clients pourraient à la longue faire du tort à votre boutique.

— Oui, mais elles font du bien à ma tête, cela calme mes nerfs : assis derrière mon comptoir, je considère ce qui se passe dans mon magasin et j'y vois une répétition de la comédie du monde : lorsqu'il me vient un sot qui jette cent guinées pour acquérir une bagatelle qui ne vaut pas un schelling, cela m'étonne, mais je considère aussitôt la société ; j'y vois d'excellents domaines échangés contre des chevaux pur sang, un patrimoine solide contre un titre, une douce indépendance dans un site délicieux contre une place assujettissante et le bonheur au sein de la famille contre le triste plaisir du jeu... alors mon étonnement cesse. Tenez, le monde n'est qu'une vaste boutique de joujoux où les hommes courent comme de vrais enf pour acheter des riens. Le plus sage d'entre nous a sa blesse, son dada, son colifichet, dont il s'éprend ridic ment. Mais notre amour propre nous trompe si adroite que nous nous faisons un titre de gloire du même tra dont nous nous moquons chez les autres.

— Vous pouvez avoir raison, dit le voisin, mais ne ferez pas fortune à ce métier-là.

Et il sortit.

Décidément la journée n'est pas bonne ! disait en même Sydney, époussetant en manière de consolation bahut du XVe siècle, les clients se fâchent, s'en vont et fille arrive avec les yeux rouges. Elle a pleuré, elle va c mencer son antienne.

— Te voilà, dit-il en embrassant sa Betty sur le fro toujours jolie, mon enfant !

— Oui, répondit-elle tristement, j'aurai bientôt la ve de vos bibelots, je serai une de vos antiquailles.

— Et toujours la plus chère ! dit naïvement le ma chand.

— Si chère que personne n'en veut.

— Quoi ! ma Betty, consentirais-tu à laisser dépré un trésor qui vaut son pesant de guinées ?

— Hélas !

— Mais enfin, Miss, dit plus sérieusement Sydn pourquoi cette tristesse perpétuelle ? N'avez-vous pas tout ce qui peut charmer les yeux et l'esprit ? Que v faut-il de plus, mon enfant ?

— Ce qu'ont les filles du peuple les plus pauvres comm les ladys et les princesses du sang royal : un mari, un nage, des enfants.

— Nous y voilà ! toujours la même chanson ! un mari !... Quand elles ont prononcé ce mot-là, elles ont tout dit. Ne vois-tu donc pas fille ingrate... et imprudente, que c'est pour ton bien que je retarde mon choix, que dans les biens de cette espèce-là, pour un de bon il y en a cent de mauvais : l'un boit, l'autre joue, le troisième est volage, le quatrième grognon, le cinquième jaloux, le sixième avare, le septième ennuyeux, le huitième hypocondriaque..... la nomenclature n'en finirait pas.

— Sir Foley n'a aucun de ces défauts-là, mon père.

— Il te le fait croire ; il a lorgné mes joyaux et il a [illegible]ncé ses griffes ou sa jalousie ou son humeur acariâtre ; mais le lendemain du contrat tout se montrera au grand jour.. C'est à faire peur ! Crois en mon expérience ; vois ta [illegible] : elle semblait, la veille des noces, un modèle d'innocence, de douceur et de tempérance ; mais, dès le lendemain, elle se jeta sur une bouteille de gin et à ma première observation, surexcitée par une libation trop copieuse, elle a manqué crever les yeux de son époux chéri. C'était une femme ! Que sera-ce d'un homme ? Le meilleur ne vaut rien.

— Hélas ! fit Betty pour toute réponse, et une perle tomba de ses beaux yeux sur son sein virginal.

A cette vue le collectionneur n'y tint plus :

— Eh bien, s'écria-t-il, tu le veux ! tu seras satisfaite : je parlerai à ton attentif, je l'amènerai à te demander, tu me quitteras, tu abandonneras cette collection de chefs-d'œuvre dont tu étais le plus bel ornement.

— Jamais ! jamais ! mon bon père, fit Betty joyeuse, je resterai toujours avec vous, quoique mariée.

— Enfin, tu le veux, soit ! tu seras satisfaite, méchante

enfant ! voici l'heure habituelle de la visite de sir Foley, laisse-moi seul avec lui, je ferai pour le mieux.

Betty, à cette bonne parole, sécha ses larmes, embrassa son vieux père sur les deux joues et sortit.

Sydney resta seul, attendant de pied ferme son futur gendre et décidé cette fois à le mieux accueillir que par le passé ; mais son esprit sarcastique, surexcité, semblait avoir besoin de se venger sur quelqu'un de la contrariété et du chagrin qu'il éprouvait de donner à un *sportman*, un *dandy*, un *fashionable*, la perle de son magasin. Dans ce moment il eût été heureux d'avoir sous la main une des victimes ordinaires de ses sarcasmes, malheureusement ce fut Foley qui se présenta.

— Ah ! vous voilà, beau-fils ! lui dit-il avec une pointe d'ironie qu'il ne put pas tout à fait dissimuler.

— Oui, Sir, répondit le jeune homme, comment cela va-t-il ce soir ?

— Mal.

— Mal ? dit Foley avec intérêt.

— Mal ! c'est-à-dire impatienté, énervé par cette foule d'originaux ou pour mieux dire de sottes copies de toutes sortes d'originaux qui viennent marchander mes chefs-d'œuvre ou mes raretés artistiques et qui partent sans laisser la moindre guinée dans ma caisse.

— Voyons, je veux aujourd'hui ne pas leur ressembler et vous être agréable, que vais-je enlever de votre riche musée ?

— Par Bacchus ! Je gage que je le devine, fit Sydney en grimaçant un sourire, vous allez me demander... un anneau d'or.

— Un... anneau ?... fit le jeune homme intimidé par cette insinuation qui lui parut peu bienveillante.

— Je vous le donnerai si vous m'en pressez fort, car j'ai promis et ma promesse vaut un contrat ; mais, sur ma parole, je n'ai pas dans mon magasin un bijou plus dangereux que celui-là. Il a fait le malheur d'une légion de niais. Les gens qui se marient trouvent d'abord qu'il leur sied à merveille et sont enchantés de le porter. Puis, au bout de quelques semaines, il leur fait mal, il les blesse et ils s'estimeraient heureux de pouvoir s'en défaire... mais alors... il est trop tard.

— Croyez-vous ? dit Foley cherchant à deviner le vrai sens des paroles ironiques de Sydney.

Celui-ci continua :

— Oui, cher, nous sommes heureux tant que dure notre enfance, car nous pouvons nous amuser d'un jouet et le rejeter du pied quand il nous devient insupportable ; nous changeons ainsi à chaque année de la jeunesse, mais, en grandissant, il n'y en a plus qu'un qui nous plaise et nous nous lions à lui pour la vie...

— Eh bien ! si c'est notre bonheur que nous acquérons avec lui ?

— Le bonheur ! vous ne savez donc pas qu'une femme, ce dernier jouet, est un être multiple : c'est d'abord un flux de paroles mielleuses, plus tard une crécelle qui crie toujours, un mannequin qu'on ne satisfait qu'en la couvrant de cachemires, de falbalas, de diamants et d'oripeaux de toute nature, un sabot qu'on ne peut endormir qu'en le fouettant, une futaille pleine de *gin*...

— Charmant tableau ! interrompit le gentleman un peu désappointé, l'avez-vous pris dans votre famille ?

— Hum : Peut-être bien ! répondit étourdiment Sidney en pensant à sa moitié.

— Vous me surprenez étrangement ; jusqu'à présent j'avais cru qu'une compagne était le plus beau présent que nous puissions recevoir en ce monde ; je pensais qu'une bonne femme était destinée à nous faire supporter nos peines et à nous rendre les plaisirs plus doux, qu'elle était la fidèle amie de son époux dans le malheur comme dans la prospérité, qu'elle se faisait un plaisir de veiller sur sa santé et de le soigner dans ses maladies, qu'elle était une gracieuse conseillère dans ses revers, une consolation dans ses afflictions, enfin une économe prudente pour les affaires intérieures du ménage... Mais je vois que je me suis trompé et n'ai plus besoin de votre anneau.

Sur ce dernier mot, Foley quitta le marchand stupéfait et honteux d'avoir enfourché son *dada* sarcastique, quand il eût fallu, pour le bonheur de sa fille, n'avoir à la bouche que miel et sucre. Il s'adressa alors les épithètes les plus dures, s'appela sot ! ingrat ! père sans cœur et sans entrailles !... Mais il était trop tard...

Il ne vendit rien cette journée là, pas même son anneau... et la pauvre Betty resta fille...

Ce premier récit avait été long, aussi chacun regagna son lit sans réflexions, mais quand la deuxième soirée fut venue, tout le monde fut fidèle au rendez-vous.

La comtesse prit la parole la première.

— Votre conte est amusant, cher frère, dit-elle, mais la morale en est triste... et fausse.

— Fausse ! répéta le vieillard étonné.

— Oui, votre héros est un original qui n'est satisfait ni de lui, ni des autres et qui voit tout en noir.

— Eh ! chère sœur, la vie est-elle autre chose qu'une déception continuelle ?

— Sans doute, si vous ne cherchez le bonheur que dans le mouvement et le plaisir.

— Et où voulez-vous le trouver ?... Dans un cloître sans doute ? ajouta-t-il avec quelque ironie.

— Dans le cloître, si on y entre avec une vocation sérieuse et réelle, mais ce n'est pas du couvent qu'il s'agit ici, c'est du monde...

— Dans le monde ! interrompit le vieillard, je l'ai assez parcouru, et je n'ai vu que des cœurs faux, des esprits malades, des âmes égoïstes : chacun pour soi, voilà la morale du monde, et voilà pourquoi je cours toujours et ne m'arrête jamais.

Maintenant, puisque ces récits font passer nos soirées, nous continuerons ; mais, puisque vous ne goûtez pas ma morale et qu'il n'est ni juste ni convenable que je sois seul à parler, je vous engage à nous donner un de ces gracieux récits dont vous nous gratifiez jadis.

— Soit ! et, à votre exemple, je les prendrai, non dans mon imagination, mais dans mes souvenirs. Aussi n'est-ce pas en Angleterre que j'irai chercher mes héros, mais dans les pays où j'ai passé ma jeunesse, en Provence et à Paris. Êtes-vous prêts à m'écouter ?

— Le punch flambe, le feu pétille, pipes et cigares sont allumés, vous avez la parole.

Madame d'Arfeuil commença ainsi :

La comtesse de Roquevaire, née à Arles, et belle comme toutes les Arlésiennes, avait été mariée, encore enfant, à un gentilhomme provençal, seigneur suzerain de plusieurs milliers d'hectares de marais dans le *delta* de Camargue et d'un nombre indéfini de chevaux blancs et de taureaux noirs. On disait dans le pays qu'il n'avait jamais su le nombre de ses terres un peu salées et de ses troupeaux un peu sauvages. Le comte savait seulement que le produit annuel — sur lequel son intendant prélevait une dîme plus que raisonnable — s'élevait à cent mille francs, qu'il dépensait à Paris et cela lui suffisait.

La jeune comtesse avait un profil grec, une taille élégante et une carnation digne du pinceau de Rubens, mais elle n'avait eu pour toute dot que *la croix du front,* comme le dit le proverbe méridional.

Voici dans quelle circonstance cette union s'était accomplie :

Isoline Vignaud avait quatorze ans quand le comte la vit pour la première fois à Arles, le jour de l'Assomption, qui est aussi la fête de la jeunesse arlésienne, mais elle paraissait en avoir vingt, et M. de Roquevaire, jeune Parisien qui venait d'hériter d'un oncle provençal, en l'entendant proclamer *reine de beauté* et en la voyant traiter avec le respect dû à son rang par cette population restée phocéenne et idolâtre du beau, se prit d'une telle passion qu'il mit à ses pieds sa couronne de comte et son magnifique héritage.

Le père d'Isoline, bien qu'ébloui par cette fortune inattendue, ne voulait pas marier une enfant et eut la plus grande peine à faire comprendre au jeune enthousiaste qu'il fallait que sa future eût au moins accompli ses seize ans ; mais l'engagement fut pris et le jour des noces fixé.

Arrivée à Paris après le mariage, elle fit, pendant tout un hiver, l'admiration de la cour, et sa lune de miel ne fut qu'un long triomphe ; mais hélas ! sa santé ne résista pas à tant de nuits passées au bal et son docteur la condamna pour longtemps à un repos absolu. Alors le jeune étourdi, ne pouvant plus produire sa merveille dans les réunions du faubourg Saint-Germain, se lança dans les extravagances du *turf* et du *sport*, lesquelles le conduisirent au *Père-Lachaise* : Il périt dans une course au clocher, en sautant une haie. Son cheval se cabra et se renversa sur lui.

La comtesse, déjà soumise à une rude épreuve, fut terrifiée par ce nouveau malheur, et la nostalgie s'empara d'elle.

Elle essaya d'abord des voyages ; après avoir choisi avec soin dans sa société intime une femme gaie, complaisante... et sans fortune, elle en fit une dame de compagnie et parcourut avec elle l'Allemagne, l'Italie et les bords du Rhin ; mais ce moyen ne lui réussit pas : elle s'ennuya à deux, comme elle s'était ennuyée seule ; fatiguée de courir le monde, un *Joanne* à la main et sans autre but que de contrôler l'exactitude de son *guide*, elle crut trouver dans la vue et le séjour de sa ville natale un adoucissement à son malheur ; mais quand elle se trouva en présence de cette jeunesse belle et rieuse de la Provence, le souvenir de son malheur lui rendit Arles insupportable.

Elle revint alors à Paris plus découragée que jamais.

2

Heureusement, dans son infortune, la piété lui vint en aide ; elle se souvint des pratiques religieuses de son enfance dans ce pays plein de foi, et ce souvenir la conduisit dans une de ces maisons de retraite où le cœur et la raison sont également satisfaits et se trouvent si bien.

Elle trouva là, avec le repos physique, un repos d'esprit et une satisfaction intérieure qu'elle ne sentait plus depuis longtemps ; elle prit l'habitude d'y passer ses journées, et s'y rendait un jour modestement à pied, quand un orage la surprit devant la modeste échoppe d'un écrivain public.

Puisque vous avez longtemps habité Paris, vous avez peut-être aperçu sur le boulevard la Tour-Maubourg, au coin de la rue de Grenelle, entre les Invalides et l'École militaire, une baraque en planches, attendant depuis plusieurs années que la transformation de la capitale changeât l'échoppe de bois en un hôtel somptueux. La pioche des entrepreneurs de bâtiments semble avoir respecté cet établissement si utile aux vieux débris de notre armée de Crimée et d'Italie, car ceux qui datent de la bataille d'Austerlitz, c'est-à-dire de 1805, ne sont plus pour ainsi dire qu'à l'état de souvenirs.

On en voit pourtant encore quelques-uns réunis sur leur esplanade ou dans leurs petits jardins, dans leurs voitures à bras, se racontant mutuellement, et pour la millième fois, la retraite de Russie et les mots tombés de la bouche du grand Empereur ; leur vie, c'est le passé, le présent est bien monotone et bien pâle, comparé à ces temps héroïques qui rappellent l'Iliade et les combats des géants. Cependant, ceux qui réfléchissent s'estiment fort heureux que leur vieillesse ait été admise dans ce somptueux asile. Ils sont les privilégiés du sort. Il en est tant qui frappent à la porte du temple sans y être admis !...

Parmi ces derniers se trouve le sergent Albéric : deux chevrons et trois blessures n'ont pu lui valoir cette *faveur*, car presque tout est faveur en ce monde ; la justice n'a que la seconde place.

Après avoir assiégé en vain l'hôtel du gouverneur, la porte des députés et des sénateurs, après avoir usé des rames de papier en pétitions écrites avec un style et une plume magnifiques, il avait dû retirer sa candidature devant cette phrase sans réplique : « Vous avez vos deux jambes, vos deux bras, vos deux yeux et votre nez intact ; c'est fâcheux sans doute, mais qu'y faire ? Il faut céder la place à ceux de vos camarades qui ont l'avantage d'être incomplets. »

Alors, en désespoir de cause, l'idée lui était venue d'utiliser pour d'autres ce talent d'écrivain, consacré depuis son départ de l'armée à écrire des suppliques et des pétitions personnelles.

Parmi ces acquéreurs de terrains vacants qui revendent à cent francs le mètre ce qu'ils ont acheté à cent sous, et qui gagnent à ce métier peu fatigant assez de fortune pour parader *aux courses* ou *aux Italiens*, il s'en trouvait un assez magnanime pour permettre à Albéric d'établir une baraque de planches de sapin sur laquelle on lisait en lettres d'un pied de haut :

AU TOMBEAU
DES
SECRETS.

Si vous pénétrez dans cet appartement d'une simplicité antique, vous voyez 1° une pièce ornée de deux chaises de paille et d'une table en bois blanc couverte de plumes métalliques et de plumes d'oie, parmi lesquelles se fait remarquer une belle plume d'aigle, objet de l'admiration des vieux mutilés du grand hôtel. L'encrier représente le tombeau de Sainte-Hélène, ombragé par un saule pleureur en bronze. Ce dernier meuble est le cadeau d'un sapeur reconnaissant auquel l'éloquence d'Albéric avait valu une pension de cent écus.

2° Une pièce de six pieds carrés, où l'on voit un petit poêle en faïence, un lit de fer, un fauteuil Voltaire et un guéridon sur lequel se pavanent une bouteille de cognac et deux petits verres. Sur les murs, ou plutôt sur le bois peint en grisaille, on admire deux estampes enluminées représentant le passage de la Moscowa. Le vieux soldat ne manquait pas d'y faire reconnaître d'abord la grande figure de Napoléon enveloppé dans ses fourrures, et, à quelque distance, un cavalier d'une figure martiale, bien qu'un peu gelée, dans laquelle il fallait, bon gré, mal gré, reconnaître le profil d'Albéric. Nous avons tous, grands et petits, la manie de la renommée, tous les moyens de la flatter nous sont bons ; c'était là celui d'Albéric, et probablement il lui devait une partie du succès de son établissement.

Ce succès était réel : la première pièce de la baraque, qu'il appelait magnifiquement « mon bureau » ne désemplissait pas ; l'autre, où brillait le cognac, était à la fois le salon, la chambre à coucher et l'antichambre, car on faisait souvent antichambre chez Albéric.

Or, un jour d'orage, au moment où le tonnerre grondait presqu'aussi fort que les vingt canons de l'esplanade des Invalides aux jours de fête, notre belle dame qui s'était aventurée à pied, sur le boulevard Latour-Maubourg, et qui avait été surprise par cette pluie diluvienne, entra dans le bureau de l'écrivain.

Il se trouvait en ce moment occupé par une jeune fille de dix-huit ans, et Albéric, croyant que la nouvelle arrivée avait besoin de ses services épistolaires, la pria d'entrer dans le *salon d'attente*. L'étrangère profita de sa méprise, elle ne voulait que laisser passer l'orage, et son but était atteint.

Mais hélas! tout en admirant la bataille de la Moskowa et les hauts faits d'Albéric et de ses frères d'armes, elle put se convaincre que l'enseigne du vieux soldat était une menteuse : les secrets des clients d'Albéric n'étaient rien moins que dans un tombeau. Curieuse — comme une femme — et la pluie menaçant de durer, elle prêta une oreille un peu indiscrète et entendit la conversation suivante :

— Vous disiez, Mademoiselle ?... voyons ne pleurez donc pas comme ça et répondez-moi si vous voulez que je saisisse votre idée et que je la traduise en bon style. Vous disiez donc ?

— Je disais, monsieur Albéric, que j'étais bien malheureuse... et que si mon fiancé partait pour l'armée, j'étais décidée à me périr...

— Ah ça ! que me dites-vous donc là ? Jamais je n'écrirai cette phrase ; dites-m'en une autre, ou je pose la plume.

Les pleurs de la jeune fille répondirent seuls.

— Voyons, reprit Albéric, soyons raisonnable. Que voulez-vous qu'il fasse ce jeune ébéniste ? Des secrétaires, des bibliothèques, des guéridons... et puis un bon contrat de mariage, cela vous irait mieux. Soit ! mais du moment que le sort a parlé, et que M. le préfet a proclamé son nº 4, il faut bien en prendre son parti et rester fille quelques années de plus.

— Ce n'est pas cela qui m'effraie ! reprit vivement Justine.

— Et quoi donc alors ?

— C'est la crainte... qu'il ne revienne plus.

— Ou qu'il revienne avec un bras de moins, ce qui ne l'aiderait pas dans son métier et ne remplirait pas la caisse du ménage. Je conviens, ma chère demoiselle, que c'est une perspective peu pittoresque ; mais pourquoi se faire de ces idées sombres ? C'est la vue de ces longues redingotes bleues, dont les manches sont accrochées à l'épaule par une épingle, qui vous les donne, mais il ne faut pas croire que tous en soient là : d'autres reviennent avec tous leurs membres, comme moi qui vous parle, ou avec la *croix* en sus (non plus comme moi, à cause de l'injustice des chefs), car j'en ai vu de ces guerres chez l'Autrichien, le Russe, le Prussien et l'Espagnol !...

Et là-dessus Albéric broda une interminable narration sur l'histoire militaire de la France, de 1805 à 1815, qui donna à Justine le temps de sécher ses larmes.

— Voyons, reprit-il après cette digression que devait forcément subir chaque client, voyons, que voulez-vous mettre à la place de ce vilain mot : *me périr?* D'abord, ma chère enfant, permettez-moi une observation : avant tout il faut parler français ; on ne dit pas *se périr,* on dit *se suicider,* mais le mot n'y fait rien du moment que nous n'admettons pas la chose. Pourquoi donc vous tueriez-vous ? d'abord, cela n'est pas décent pour une jeunesse comme vous : on voit bien que vous ne visitez pas la morgue ;... ensuite, cela ne l'empêchera pas de partir, votre beau fiancé ! et, par cela que vous serez morte, il ne partira pas plus gai. Voyons, qu'allons-nous écrire ?

— Écrivez alors que je serai tellement malheureuse de son départ que j'en mourrai de douleur... ce sera toujours la même chose.

— Oui, mais c'est égal, cela peut se dire, d'autant plus qu'en général cela ne se fait pas. Allez toujours, j'arrangerai là-dessus une phrase attendrissante.

— Oh ! oui, je vous en prie, M. Albéric, ce que vous trouverez de mieux !

— On n'en est pas en peine, ma fille ! Mais, de votre côté, si vous voulez me permettre, songez que vous avez une mère à nourrir et qu'elle est déjà assez éprouvée. Il ne faut pas ajouter à son chagrin. Si vous ne travaillez pas pour elle, qui la nourrira ? Il n'y a pas d'*hôtel des Invalides* pour les vieilles femmes, cela s'appelle *l'hôpital*, savez-vous ? ça n'est pas très-honorable... et cependant, si vous perdez votre temps à vous fondre en eau, comment ferez-vous toutes les deux ?

— C'est vrai, monsieur Albéric, que nous sommes bien malheureuses ! jamais un bon morceau pour réveiller l'appétit de cette pauvre mère, et à peine du pain ; car, obligée de la soigner et de faire notre ménage, mes journées de couture sont de bien peu ! Adrien devait pourvoir à tout cela avec son état ; il m'aimait tant que ça aurait été un bonheur pour lui, et maintenant !... Oh ! mon Dieu ! mon Dieu ! quel malheur !

Et les larmes recommencèrent à couler si fort que, malgré son stoïcisme, le vieux soldat fut obligé de quitter ses bésicles pour s'essuyer les yeux.

Il entreprit alors de prouver à la désolée qu'elle n'était pas seule à plaindre, et que lui, Albéric, l'était plus qu'elle... Notre nature, un peu égoïste, nous dicte souvent ce genre de consolation... qui ne console pas du tout.

— Réfléchissez, ma belle enfant, à ce que j'étais et à ce que je suis : jadis, beau, ardent, travailleur, gagnant des journées de cent sous et jouissant de la vie dans une boutique cossue, et les dimanches à *Romainville* ou à *Mémorency*, à faire la noce..... aujourd'hui vieux, cassé, plié en deux, à force d'avoir passé des nuits à la belle étoile dans cette damnée Russie, exposé, sous mes planches, au soleil de juillet, à la gelée de décembre, et à la pluie de chaque jour ; n'ayant pour soutenir mon pauvre estomac qu'un peu de bouillon baptisé, des haricots durs et du rôti de cheval... j'en ai mangé du cheval à la retraite de Moscou, mais j'avais toutes mes dents alors, et aujourd'hui je n'en ai plus que deux. Et puis, l'amour-propre ! Que sont des vêtements rapiécés en face de ces belles redingotes bleues dont les grands boutons d'argent miroitent du matin au soir devant mes yeux ?... Je sais bien qu'on me dit : « Tu as tous tes membres. » Oui, que je les ai, mais c'est là mon malheur... tenez, mon enfant, ne vous plaignez plus de votre sort !

Cette éloquence un peu personnelle, ne parvint pas à convaincre Justine qu'elle ne devait plus pleurer, et ce fut au milieu de ses sanglots qu'elle sortit une petite pièce blanche pour l'offrir à l'écrivain public, en lui recommandant le style de sa lettre qu'elle devait reprendre le soir, mise au net et sous enveloppe. Mais nous devons rendre au vieux soldat cette justice que, malgré la gêne qu'il venait d'étaler sous forme de consolation, il refusa avec magnanimité la pièce blanche.

Cette scène avait duré longtemps et Albéric avait complétement oublié la belle dame qui, de son côté, attendait avec impatience le moment de voir au passage la pauvre enfant dont la situation l'avait vivement intéressée.

Cet examen rapide fut favorable à Justine ; la comtesse se sentit émue par cette figure douce et gracieuse, à laquelle les larmes donnaient un charme de plus. Elle ne la retint pas cependant, malgré le désir qu'elle avait de lui parler.

Depuis le malheur qu'elle avait éprouvé elle-même, et qui avait quelque analogie avec celui de Justine, moins la misère, elle avait l'habitude d'aller tous les jours dans une maison religieuse où elle sentait son chagrin se calmer sous l'influence de l'exemple et des conversations. Au moment où l'orage l'avait surprise, elle se rendait de l'avenue de Ségur, au faubourg Saint-Germain, et, se fiant à un de ces beaux ciels, si splendides et si purs dans la Provence, mais si trompeurs à Paris, elle avait laissé son équipage à l'hôtel.

Cette station forcée avait, pour le moment du moins, changé le cours de ses idées. Elle remplaça la jeune fille dans le *bureau* d'Albéric et lui témoigna le désir de lui faire écrire une lettre.

— Permettez, permettez ! répondit celui-ci, une dame comme vous, avec tant de crinoline et de broderies, doit savoir écrire. Ceci est un prix à part...

— Que voulez-vous dire ? interrompit la comtesse avec vivacité, et que supposez-vous, Monsieur ?

— Je ne puis rien supposer, mais il est évident, pour ma vieille expérience, que, si vous empruntez la main et la plume d'un pauvre scribe comme moi, c'est que *vous ne voulez pas* écrire vous-même. Pour lors...

— Eh bien ! après ? fit Mme de Roquevaire d'un air un peu hautain.

— Pour lors, reprit Albéric sans se déconcerter, je flaire un mystère, et ici les mystères se payent. C'est le plus clair de mes petits profits ; car mon bureau, voyez-vous, c'est le tombeau des secrets !

— Je m'en suis aperçue, en effet, dit la comtesse en souriant, si bien que c'est une lettre à M. Adrien, ébéniste, que je veux vous faire écrire.

— A monsieur... Adrien Larnier, ébéniste ?... fit Albéric stupéfait.

Malgré son flair habituel, il n'était pas sur la piste, et sa curiosité était vivement excitée.

— Voyons, dit-il, voyons, Madame ; je suis à vos ordres.

Et il choisit la meilleure de ses plumes.

— Toutefois, repril-il d'un ton un peu goguenard, je dois vous prévenir que le jeune homme en recevra deux. Tudieu ! quel gaillard ! est-ce que, par hasard, vous voudriez aussi ?...

— Écrivez ! interrompit la comtesse avec un air d'autorité sérieuse qui imposa silence au vieux soldat.

— M'y voilà.

« Mon cher Adrien,

» Mon cher Adrien ! répéta Albéric, de plus en plus ébahi, et puis ?

» Mon cher Adrien, j'ai été si tourmentée de l'idée de

vous voir partir pour l'armée que j'ai remué ciel et terre pour vous conserver à votre fiancée. Je sais que c'était votre plus grand désir, aussi suis-je au bonheur d'avoir réussi. »

— Bah ! fit Albéric !, en posant ses bésicles ; ceci est du nouveau, par exemple !

— Continuez, je vous prie, reprit la comtesse.

« D'avoir réussi, et voici comment : Pendant que je faisais une lettre chez M. Albéric, notre savant écrivain... »

— Notre savant écrivain, répéta Albéric en s'inclinant en signe de gratitude.

« Une dame étrangère, surprise par l'orage, écoutait tout ce que pour vous me dictait mon cœur. Et voilà que, saisie d'attendrissement à la peinture de nos malheurs, elle m'a mis dans la main deux billets de banque de mille francs pour racheter votre congé... »

Ici, la figure d'Albéric exprima plus que de l'étonnement ; la plume tomba de ses mains, et il regarda la comtesse avec des yeux humides.

— Est-ce Dieu possible ? s'écria-t-il.

— Doutez-vous de ce que vous écrivez ? dit en souriant Mme de Roquevaire.

Et elle sortit d'un élégant porte-monnaie deux billets de banque qu'elle posa sur la table.

— Ceci, ajouta-t-elle, est pour insérer dans l'enveloppe. Mais continuez.

La main de l'écrivain était comme paralysée ; il n'avait pas l'idée d'une largesse pareille, et il regardait d'un air ébahi ces beaux billets bleus. Toutefois, il fit un effort sur lui-même, et continua en répétant les derniers mots, suivant son habitude.

« Pour racheter votre congé. Aussitôt que vous les aurez reçus, je vous attends chez ma mère.

» Votre fiancée,

» JUSTINE. »

— Voilà ! dit la comtesse en cessant de dicter. Il ne reste plus qu'à brûler la minute de la lettre de Justine. Substituez-y celle-ci et joignez-y les deux billets. Comprenez-vous maintenant ?

— Je comprends que j'ai devant les yeux la meilleure et la plus généreuse des grandes dames.

— Bon ! je suis heureuse que vous m'ayez dit cela avant le *post-scriptum*.

— Le *post-scriptum ?* Il y a donc un *post-scriptum ?*

— Oui, écrivez.

« P. S. J'oubliais de vous dire que l'excellent M. Albéric, qui est pour quelque chose dans votre bonheur, a reçu, pour les honoraires de cette lettre et ses bons conseils, un petit billet de cinq cents francs, à cette fin d'avoir son pot-au-feu toujours garni et sa bouteille de cognac toujours pleine. »

— Encore ! fit l'écrivain en se levant.

Il allait ajouter, dans le paroxisme de son enthousiasme : « C'est trop ! » Mais il se retint à temps et se contenta de baiser le bout des doigts de la généreuse comtesse.

— Trouvez-vous, ajouta celle-ci en riant, de ce rire provençal si bon et si franc, trouvez-vous que le *mystère* de votre *tombeau* soit assez bien reconnu et rémunéré ?

Et en disant cela, elle glissa le nouveau billet dans les mains d'Albéric, en lui recommandant le départ immédiat de sa lettre. Puis elle sortit sans vouloir dire son nom que réclamait le vieux soldat. Les dames de *la retraite* lui avaient appris que le mérite d'une bonne action s'envole au moindre profit qu'on en retire, et que la faire connaître est se constituer une rente d'amour-propre.

Un mois plus tard, la comtesse de Roquevaire était assise sur la terrasse de son hôtel qui donnait sur l'École militaire et les Invalides, et avait, dans le lointain, la perspective des coteaux de Meudon, de Passy, de Sèvres et de Suresne. Elle tenait à la main, sans y porter grande attention, un volume de poésies de Reboul, son compatriote ; son imagination errait dans le passé et dans l'avenir. Elle se voyait seule, isolée dans cet immense Paris, sans liens intimes dans la société de son mari et éloignée de sa propre famille. Elle sentait la tristesse la gagner et se demandait dans son découragement, et malgré l'incognito qu'elle avait voulu garder, si les malheureux auxquels elle devait consacrer le reste de sa vie ne seraient pas autant d'ingrats, lorsqu'on lui annonça une visite.

Bien que contrariée, elle se leva pour la recevoir, et ne fut pas médiocrement étonnée en reconnaissant la figure fraîche et cette fois souriante de sa petite Justine. Elle était au bras d'un jeune homme de bonne mine dont tous les traits respiraient le bonheur.

Elle comprit aussitôt et reçut les remerciements chaleureux des deux époux avec une satisfaction sans mélange d'amertume.

— Voyons, leur dit-elle, êtes-vous mariés et heureux ?

Justine répondit en s'emparant des mains de sa bienfaitrice et les couvrant de baisers.

— Pardonnez-moi cette liberté, Madame, s'écria-t-elle, ainsi que celle d'avoir cherché à connaître votre nom et votre adresse. Ce n'a pas été sans peine. Il y a un mois que nous passons nos journées en recherches infructueuses ; mais c'est que, voyez-vous, la reconnaissance m'aurait étouffée si je n'avais pu soulager mon cœur en venant remercier celle qui a fait un paradis de mon enfer. Si ma pauvre vieille mère n'est pas venue, c'est qu'elle ne peut plus marcher, mais elle est bien heureuse aussi, allez ! et m'a bien recommandé de vous le dire.

— C'est trop, mon enfant, répondit la comtesse attendrie, et c'est moi, qui, réellement, vous dois de la reconnaissance.

— Vous ! exclama Justine ébahie.

— Oui, car vous m'avez donné le premier moment de bonheur que j'ai goûté depuis longtemps, en me faisant connaître le vrai prix de l'or. Je suis désormais de la famille, n'est-ce pas ? J'espère bien ne pas m'en tenir là et ne mettrai à mes petits services que deux conditions : c'est que vous ne m'en reparlerez jamais et que vous m'aiderez à faire encore un peu de bien. Les bonnes mères avaient raison : « Le bonheur de soulager ceux qui souffrent est le plus grand de tous, » me disaient-elles sans cesse ; j'admirais cette théorie, mais je ne me doutais pas que la pratique en fût aussi douce. Merci, mon enfant, de me l'avoir appris et de me prouver qu'il y a dans le monde des cœurs reconnaissants. Vous ne vous doutez pas du service que vous m'avez rendu ; ma vie était triste et décolorée, elle sera maintenant pleine et heureuse.

Nous devons dire, pour être vrai, que la reconnaissance des malheureux, auxquels elle se consacra dès ce moment, ne suivit pas toujours ses bienfaits, mais elle apprit, avec le temps et la pratique de la charité, que Dieu compense au centuple, en douceurs intérieures, l'ingratitude des hommes.

Ce récit avait fait sur le vicomte une certaine impression, mais il se garda de le laisser voir et il adressa ses compliments à madame d'Orfeuil, avec cette restriction :

— Si je vois parfois en noir, chère sœur, permettez-moi de vous dire que vous voyez tout en beau. C'est que n'étant jamais sortie de votre nid de famille, vous n'avez jamais vu le monde et connu les sottises et les misères de la vie : gâtée par une bonne mère et plus tard par un époux obéissant, entourée d'enfants qui vous chérissaient, de vieux serviteurs et de pauvres familles reconnaissantes du bien que vous leur faites, la vie a été pour vous un paradis; si vous aviez, comme moi, vécu sous toutes les latitudes, vous y eussiez vu plus de mal que de bien et vous ne seriez pas si optimiste.

Maintenant, puisque mon tour de parole est arrivé, je veux vous divertir d'une histoire qui m'a été racontée au retour d'un voyage en Californie où, comme tant d'autres, j'avais été chercher des trésors et n'ai trouvé que la déception. J'ai fait la traversée de San-Francisco en France avec l'un des héros de mon drame, je l'ai rencontré depuis lors à Marseille, et c'est à lui que je dois le récit que je vais vous faire.

C'est dans l'une des rues les plus étroites et les plus tortueuses de Marseille que nous trouvons le ménage des époux Daniel. Le logis répond à la rue; toutefois, si le *confort* est absent, l'air n'y manque pas : ils sont logés au sixième étage et de la lucarne du septième, où ils grimpent par un escalier de bois, ils aperçoivent la mer. C'est la seule récréation permise à la jeune Rachel, leur unique enfant.

Avec un peu d'instruction, c'eût été une charmante petite fille que Rachel : elle avait de l'intelligence et un bon cœur, mais ce dernier ne se montrait que par éclairs bientôt éteints. Elle avait été punie plusieurs fois pour avoir donné le reste de son pain à l'un des pauvres qui pullulent dans ce quartier, et se gardait de recommencer. La charité, partout ailleurs une vertu, est un vice chez les avares. Il y a parmi eux beaucoup de variétés, mais ils ont un lien commun : la jouissance négative.

Les époux Daniel étaient parfaitement assortis : après avoir hérité des biens paternels au détriment d'un frère bien plus jeune que lui, qui avait eu le tort d'être artiste, et en cette qualité d'avoir *les mains percées*, Daniel avait placé ses capitaux à gros intérêts (quelques médisants prononçaient même le mot d'usure) ; il expropriait sans pitié ses pauvres débiteurs. En règle avec sa conscience, qu'il avait élargie à cet effet, il avait réussi à se mettre en règle aussi avec le tribunal et chaque année voyait grossir la dot de Rachel, privée, en attendant, d'instruction, de vêtements convenables et presque de linge ; mais c'était pour le bien de cette pauvre enfant ; l'amour d'un père est si prévoyant !

De son côté, madame Daniel n'était pas en arrière : debout avec le soleil, et aidée par sa fille, faite à ce rude métier, elle frottait, époussetait de vieux meubles destinés à durer éternellement, puis allait, non au marché où tout se vend au poids de l'or, mais sur les routes des villages où elle avait à un tiers de leur prix, les denrées invendues et les rapportait triomphalement au logis. « On mange avec un double plaisir ce qui coûte peu! » disait Daniel. Après une longue journée bien employée et ce repas de chartreux, l'unique chandelle s'éteignait ; en était-il besoin pour causer? Les paroles s'entendent et ne se regardent pas. On devisait sur les produits de la journée, on scrutait au juste ce qui s'était dépensé et ce qu'il serait possible de gagner le lendemain, on formait ainsi l'esprit et le cœur de la jeune Rachel, puis chacun regagnait son grabat.

Le premier janvier, la famille était réunie autour de la table, sur laquelle brillait par extraordinaire un civet magnifique. Ceci demande une explication. Madame Daniel avait l'habitude d'acheter chaque année une portée de petits lapins au sortir du sevrage.

Elle les laissait errer dans le logis, où ils se nourrissaient des bribes de chaque repas et des feuilles de choux rapportées du marché; ils grossissaient, tout en jouant avec Rachel, et fournissaient le plat de résistance au premier de l'an. Ce jour-là, Rachel ne mangeait pas et l'on eût pu voir une larme rouler sous ses cils noirs; aussi son père lui disait-il :

— Petite, tu as le cœur trop tendre; tu ne feras jamais une bonne ménagère.

On lui donnait toutefois, après le dîner, une compensation qui diminuait sa répugnance à manger l'un de ses compagnons de jeu; on mettait dans le foyer une grosse bûche. Cette joyeuse nouveauté réchauffait son cœur autant que ses membres engourdis.

Le reste de l'hiver, la famille restait donc sans feu? me dira-t-on.

Et *Minet* donc! Ne faut-il pas que les chats bien élevés servent à quelque chose? Le pauvre matou avait pris la douce habitude de s'endormir tour à tour sur les pieds de chacun des membres de la famille. Celui qui avait les pieds froids l'appelait à lui, et on disait chez Daniel : « Passez-moi le chat! » comme on dit dans certaines maisons bourgeoises : « Passez-moi la chaufferette! »

La conversation tirait à sa fin, et chacun songeait à regagner son lit, quand on entendit un coup discret frappé à la porte du logis.

— Qui peut être cela? fit Sarah; nous n'attendons personne.

— A moins, dit son mari, que ce ne soit l'huissier qui vient rendre compte de sa saisie chez les Béquilliard.

— Qui que ce soit, il faut faire entrer.

— Par bonheur, nous avons la chandelle aujourd'hui; va ouvrir, ma fille.

Rachel, joyeuse d'un incident si rare dans son existence, ne se le fit pas dire deux fois et cria un instant après :

— C'est l'oncle Job et Freyschutz!

Ainsi que je l'ai dit, l'oncle Job était artiste et comme tel peu estimé de Daniel qui voyait en lui non un frère, mais un parasite, un propre à rien, en deux mots : un peintre. « Il a mangé sa légitime, disait-il souvent à sa femme, et il voudrait mettre sur la mienne ses dents voraces. Mais, halte-là! je veille au grain. » Et, en effet, il ne lui avait donné, dans ses moments de détresse, que des paroles de consolation et des poignées de main; il y joignait parfois des reproches mortifiants sur son imprudence, mais sa générosité n'allait jamais au-delà.

Cette apparition inattendue fit une fâcheuse impression

sur l'avare; aussi salua-t-il Job de cette apostrophe peu fraternelle :

— Te voilà, paresseux! Tu as senti le civet?

— Oh! Daniel! quelle idée! Je venais te souhaiter une heureuse année, et à ma belle sœur, et à ma petite Rachel aussi.

Rachel, qui l'aimait pour toute la famille, était déjà sur ses genoux.

— Et tu as amené ton affreux molosse? ajouta Daniel sans répondre à cette attention affectueuse; eh bien! mets-toi à table, il y a ta part aujourd'hui. Je présume que tu as faim... tu as toujours faim... et ton chien aussi!

— Ne médis pas de Freyschutz: il est discret, il ne mange que les os, répondit Job en se mettant à table; — il était accoutumé au ton peu cordial de son frère; — merci, merci, ma petite Rachel, dit-il à l'enfant qui lui servait une *rasade* de vin, malgré les gros yeux que lui faisait sa mère.

Après un silence, Daniel reprit :

— Combien y a-t-il de temps que tu n'as mangé, monsieur l'artiste? Tu tiens donc bien à justifier le proverbe? Tu ne vends donc aucun de tes tableaux? Tu n'es pas encore connu... après quatre ans!

— J'avais fait un portrait pour l'Exposition, répondit Job, la bouche pleine; ils l'ont refusé... les Vandales!

— Le portrait de qui? qui a voulu poser pour toi?

— Freyschutz! c'est un bel animal et j'en avais fait un vrai chef-d'œuvre. Il était parlant.

— Imbécile! murmura Daniel en levant les épaules; toujours lui et son chien! deux bêtes ensemble. Mais enfin, reprit-il à haute voix, que vas-tu faire maintenant? Tu n'auras pas toujours des civets à ton service et tu ne te nourriras pas de l'air du temps. Voilà pourtant où t'a mené ta belle conduite!

— Mais, frère, je n'ai rien fait de mal; seulement je n'ai pas eu tes goûts.

— Il dit qu'il n'a rien fait de mal... et il s'est ruiné! Que pouvais-tu faire de pis?

Job ne répondit pas et un long silence suivit. Une larme s'était échappée de son œil.

— Écoute, dit-il enfin, écoute, frère, voilà longtemps que tu me gratifies des mêmes sermons, et je sais que c'est tout ce que j'aurai de toi. Je l'avoue, j'ai beaucoup dépensé et peu gagné; j'ai vu des amis dans la peine et je les ai aidés; j'ai vu des études de maître qui m'étaient utiles, et je les ai achetées. Pendant que ma bourse diminuait la tienne grossissait... Je ne rechercherai pas par quels moyens, cela ne me regarde pas; mais, quels qu'ils soient, ils ne te donnent pas le droit de me jeter des injures à la face quand tu me vois malheureux. C'est la seule chose dont tu ne sois pas avare; mais je te déclare que ces générosités-là me fatiguent. Puisque la peinture n'est pas reconnaissante de ma passion pour elle, puisque les critiques sont stupides, les bourgeois aveugles et les juges de l'Exposition tous crétins, j'ai assez de la France! Je renie un pays qui ne sait pas honorer ses artistes... Prête-moi cinquante louis et je pars pour l'Amérique. Je veux faire fortune... puisqu'il faut cela pour être considéré.

— Cinquante louis! cria Daniel, en se levant d'un bond, cinquante louis! et où veux-tu que je les pêche, malheureux insensé? crois-tu que les louis naissent sous mes pas?

— Vingt si tu veux... Songe que c'est pour te débarrasser de moi.

— C'est quelque chose, j'en conviens, mais...

— Sois bien persuadé que je ne te les demanderais pas si j'avais pu les trouver ailleurs. Tu ne veux pas que je les vole, allons, frère, un peu d'humanité!

— J'ai de l'humanité, j'en ai trop, mais je n'ai pas vingt louis pour les voir gaspiller en quelques jours... et recommencer après.

— Je te jure...

— Serments d'ivrogne! voyons, je ne donnerai pas d'argent, mais je payerai le paquebot pour San-Francisco. Je serai certain ainsi que tu partiras.

— Le paquebot? c'est quelque chose, mais qui me nourrira, moi et Freyschutz?

— Encore Freyschutz! J'espère bien que tu le noieras avant de partir... si tu ne peux le vendre, ce qui serait mieux.

— Le vendre! le noyer! jamais! C'est mon meilleur ami, ma consolation.

— Allons, j'ajouterai quelques écus pour la traversée.

— Est-ce vrai! fit le peintre joyeux, alors c'est le dernier lapin que j'aurai mangé chez toi; ou, si j'en reviens... suffit! c'est moi qui régalerai.

Ce dernier mot fit plus d'effet que n'en attendait Job. Daniel tendit la main à son frère et l'on convint du départ pour le lendemain.

Rachel fut la seule qui pleura dans cette séparation. Elle s'était attachée à Job et au molosse qui ne dédaignait pas de jouer avec elle.

— Dieu soit loué! fit Daniel qui avait été l'accompagner jusqu'au port pour être certain de son départ, quel débarras !

Armé de sa jeunesse, de son courage et de ses quelques pièces d'or, Job se croyait, en s'embarquant, le plus heureux des mortels : — Terre inhospitalière, s'écriait-il, je te reverrai riche... ou je ne te reverrai jamais.

Sa première désillusion fut dans la longueur du trajet : au bout d'un certain temps, il voyait chaque nuit la terre dans ses rêves et ne trouvait, en s'éveillant, qu'un ciel sans nuages. Il comprit alors que ses ressources pourraient bien s'épuiser avant d'arriver au terme de son voyage et il fut pris d'une grande tristesse. Heureusement il n'est pas de temps si long qui ne finisse... Un jour, des cris de joie se firent entendre : il entrait dans la baie de San-Francisco.

. . . .

Je ne décrirai pas ici la vie des chercheurs d'or ; assez d'autres l'ont fait. Notre héros, au bout de quelques mois, était parvenu, à force de travail, à amasser une collection assez ronde de pépites et de sablons d'or, et, lorsque, acaccablé de fatigue, les doigts meurtris par ce labeur, si peu fait pour des mains d'artiste, il s'endormait, il se voyait millionnaire et travaillant à un tableau dont le sujet était gravé dans sa tête : « Christophe Colomb découvrant l'Amérique ». A son réveil, il courait à son petit trésor pour s'assurer que ce n'était pas un rêve..... Un jour, le trésor avait disparu.

Il remplit l'air de ses cris, mais des éclats de rire seuls y répondirent. Il eut beau chercher parmi ses compagnons ; il en soupçonna quelques-uns, mais ne put en accuser aucun. Son hôtesse, qui s'était payée sur les premières pépites, le consola.

Il se remit au travail, mais triste, sombre, épuisé et tout à fait découragé. Il avait à peine ramassé de quoi réaliser un millier de francs qu'il tomba malade, et le produit de ce nouveau travail forcé passa de ses mains fiévreuses dans celles du médecin.

Cette fois, il n'eut pas la force de recommencer : il resta oisif et épuisa ses ressources. La nostalgie succéda alors à la fièvre. Son docteur, ne lui voyant plus d'argent, l'engagea lui-même à partir, mais il n'avait pas de quoi entreprendre le voyage de France. Son hôtesse lui en fournit les moyens.

— Mon mari est mort, lui dit-elle ; la fièvre l'a emporté au deuxième mois de son séjour ; si vous ne vous appeliez pas Job, je vous épouserais, car vous êtes bon, mais votre nom me porterait malheur. Je n'ai pas de garçon en ce moment, restez quelque temps à servir ma clientèle ; vous reprendrez vos forces ; puis je vous donnerai ce qu'il vous faudra pour la traversée, et vous retournerez au pays. Cela vous va-t-il ?

Job fut contrarié de la condition attachée à ce bienfait, mais l'humilité était arrivée avec le malheur ; il accepta. Le pauvre diable servit à boire pendant six mois à ses anciens compagnons ; puis il s'embarqua. Cette aventureuse pérégrination avait duré deux ans.

Le jour où Job aborda à Marseille avec le fidèle Freyschutz, qui ne l'avait pas abandonné dans son infortune, fut en même temps doux et terrible : il revoyait son pays, mais il avait en perspective la misère, et avec elle des privations de toute nature ou l'impitoyable et sordide pitié de son frère, supplice plus affreux encore.

Il se rappela alors un camarade de l'école de peinture,

rapin provençal aussi pauvre que lui, mais plus déluré, plus stoïque dans le malheur et plus fertile en expédients. Il le trouva barbouillant une toile pour l'enseigne d'un magasin de nouveautés : « la Tarasque vaincue par sainte Marthe ».

— En es-tu donc arrivé là ? lui dit-il.

— Que veux-tu ? il faut vivre.... le Pactole ne coule pas en Provence comme en Californie.

— Hélas ! fit Job en levant les bras au ciel.

— Voilà un « hélas » bien éloquent. Il me dit que tu n'arrives pas des mines plus riche que tu n'y es allé. Quelle a donc été ta vie ? Conte-moi cela.

— Ma vie ? elle te ferait horreur. Elle s'est passée à chercher l'or et à ne trouver que la faim, la soif, le vol et la maladie... Sans ressources, sans amis, vendant chaque jour quelque lambeau de mes vêtements ; couchant sur le sable humide ; piétinant dans la vase infecte ou sur des rochers aigus ; les talons et les genoux meurtris, ensanglantés ; brûlé tout le jour par le soleil et surpris par la pluie du soir ; souffrant de la malpropreté, des insectes, de la fièvre.... Voilà quelle a été ma vie à San-Francisco.

— Pauvre ami ! fit Maricot.

— Et celle qui m'attend ici est-elle meilleure ? ajouta Job en soupirant. Mes haillons me font horreur et je n'ose les étaler devant mon frère dont j'ai trop souvent éprouvé l'avarice et la dureté. Il ne voudrait pas me reconnaître et, dans la crainte d'avoir à me donner, il me chasserait comme un chien.

— Ton frère ! s'écria le peintre d'enseignes avec un sourire narquois ; il n'y a peut-être qu'à savoir le prendre.

— Que veux-tu dire ?

— Rien.

— Si, tu as une idée.

— Veux-tu suivre mon conseil ?

— Parle ; dans la position où je suis, il faudrait qu'il fût bien mauvais pour que je n'en voulusse pas.

— Eh bien ! si la table et le vestiaire du pauvre rapin ne te répugnent pas, viens te reposer quelques jours et échanger tes haillons contre une modeste vareuse ; puis présente-toi hardiment chez maître Daniel, le front levé, avec l'air haut et digne d'un nabab ; demande lui une hospitalité fraternelle sans humilité...

— Tu t'abuses étrangement, mon pauvre ami, interrompit Job ; je connais mieux que toi l'harpagon provençal ; il est plus dur que les roches, pourtant si dures, de San-Francisco.

— Peut-être ! Enfin tu es aux abois, sans sou ni maille, viens dîner, aie confiance en moi et laisse-toi conduire ; j'ai dans l'idée que tu t'en trouveras bien.

Job se décida à suivre le conseil de son ami. Il dîna de bon appétit, et, après avoir passé vingt-quatre heures à réfléchir, il fit appel à tout son courage pour supporter avec calme, reproches et sarcasmes, et se présenta au logis peu hospitalier de Daniel.

Le 20 janvier, vers huit heures du soir, nos trois personnages, enveloppés d'une vieille couverture de laine, devisaient ensemble sans lumière et se passaient le chat.

— Va à Rachel, lui disait Sarah dans sa sollicitude maternelle.

— Non, mère, je suis jeune et mes pieds sont chauds. Minet, va à maman.

Et Minet, rendu obéissant par une longue habitude,

s'étendait voluptueusement, en faisant son « ron ron » sur les pieds de la vieille femme.

La conversation languissait et chacun prenait un à-compte sur la nuit, lorsqu'on entendit un coup de sonnette sec, le coup de sonnette d'un homme qui, après un long combat avec lui-même, vient de prendre une grande résolution.

— Qui va là ? cria Daniel réveillé en sursaut ; voilà-t-il pas une jolie heure pour surprendre les gens ? Rachel, va donc ouvrir, et si c'est un pauvre, renvoie-le. Il ne faut pas donner aux mendiants de ces habitudes-là.

— Oh ! fit celle-ci avec un cri de joie, c'est mon oncle Job !

Et l'enfant, devenue jeune fille, sauta au cou du voyageur !

— Job ! s'écria à son tour Daniel ; Rachel, vite de la lumière !

Et il fut au-devant de son frère en lui tendant les bras.

Celui-ci fut tellement ébahi de cet accueil inaccoutumé, qu'il hésitait à y répondre ; il croyait avoir mal compris.

Après avoir fait une tendre caresse à sa nièce dont la beauté le surprit, il serra humblement la main de Sarah et celle de son frère; qui, ne se contentant pas de si peu, l'embrassa sur les deux joues.

— Eh bien ! lui dit-il en souriant autant que sa figure rébarbative put s'y prêter, te voilà donc revenu, voyageur intrépide et un peu ingrat, qui n'as pas craint de quitter une famille qui l'aime pour courir les aventures ?... A-t-il maigri, ce pauvre garçon ! n'est-ce pas, Sarah ?

— Oh ! tellement ! répondit Sarah rivalisant de tendresse. Mais vous devez être exténué, beau-frère ; nous avons là un peu de bouillon, je vais le faire chauffer et vous le prendrez.

— Moi ! du bouillon ! balbutia Job de plus en plus étonné ; merci, ma sœur.

— Oh ! gaillard, tu n'es pas venu ici à jeun, je connais tes habitudes ; mais tu devais au moins le premier repas à ton frère.

— Je n'ai... en effet... besoin de rien, dit Job ; cependant, si vous y tenez, je prendrai votre bouillon... et un peu de vin. Je viens de faire une longue course.

— Du vin ? Nous n'avons ce luxe-là que les jours de fête ; mais n'est-ce pas fête aujourd'hui, Job ! Sarah va essayer de trouver une vieille bouteille cachetée à la cave.

— Inutile ! inutile ! J'avalerai bien le bouillon sans cela.

— Du tout ! Sarah, du Lunel et du meilleur ! Après deux ans d'absence, c'est bien le moins que nous te souhaitions la bienvenue.

Rachel fit chauffer le potage, Sarah mit sur la table une bouteille presque centenaire dont Daniel fit sauter le bouchon sans sourciller, et on porta un toast à l'Américain.

— Que de choses tu vas avoir à nous conter ! dit Daniel ; tu as dû souffrir en route ?

— Oh ! pour cela, je t'en réponds.

— Nous t'avons suivi, crois-le, avec une vive sollicitude ; mais... puisque te voilà, c'est que le succès a répondu à tes espérances ? ajouta Daniel incapable de s'amuser plus longtemps aux bagatelles de la porte.

— Bon ! se dit Job, voici le moment fatal ; il faut en finir avec la comédie. C'est dommage pourtant ! elle commer çait à me plaire. Hélas ! reprit-il à haute voix.

— Comment ! hélas ? fit Daniel en lançant à sa femn un regard expressif, reviendrais-tu, comme devant, Jol de nom et de fait ? Notre père t'a donné là un triste non

— Job et demi, mon cher frère, répondit le voyageu étonné du calme et de l'air gracieux de Daniel...

— Bah ! il y a donc bien de la concurrence dans cet terre privilégiée où il n'y a qu'à se baisser et prendre ?

— On se baisse, oui, et souvent ! Mais on se relève av plus de fatigue, de fièvre et d'écorchures que d'or et d'a gent.

— Soit ! mais laissons là la fièvre et les écorchure c'est un détail ; on se relève aussi avec de l'or plein l mains... et on le garde.

— Quand on n'est pas volé.

— Nous y voilà ! dit à voix basse Daniel à sa femm Puis il reprit : Tu as donc été volé, mon pauvre ami ?

— Volé, pillé, battu ! Si bien qu'après avoir eu le cou rage de recommencer deux fois, à la troisième, j'ai ra massé juste ce qu'il me fallait pour ma route, et je sui venu demander l'hospitalité à un frère chéri... et géné reux... Ouf ! fit-il tout bas après cette sortie débitée tou d'un trait, voilà le grand mot lâché. Gare dessous, main tenant !

— Pauvre oncle ! dit Rachel en le câlinant, comm nous allons te soigner, pour te faire oublier tout cela.

Job la regarda avec une vive expression de tendress reconnaissante et tourna les yeux vers son frère.

— L'enfant a deviné notre pensée, fit celui-ci ; et comment pourrait-il en être autrement ? Le sang parle, qu diable ! L'amour fraternel n'est pas un vain mot...

Ici Job sentit une larme mouiller sa paupière.

— Le penserait-il, en effet ? se dit-il. En ce cas, il serait bien changé ! Mais Dieu peut faire des miracles : Moïse a bien tiré de l'eau d'un rocher, il peut aussi amollir le cœur d'un frère.

— Bon Daniel ! fit-il attendri ; tu me recevrais ici... chez toi.... à ta table ?

— Certainement ! et avec plaisir.

— Et Freyschutz aussi ?

— Ah ! fit Daniel avec une grimace involontaire, Freyschutz en est aussi ? Va pour Freyschutz ! Il ne faut pas faire les choses à demi.

— Quel bonheur ! s'écria Rachel en battant des mains ; je le croyais mort, mon gros Freyschutz.

— Dieu merci ! non, petite nièce ; ce pauvre ami a eu assez de mal : sa langue m'a plus guéri de plaies que les médecins d'Amérique, et il ne me prenait pas deux cents francs pour cela !

— Miséricorde ! deux cents francs pour panser un « bobo ! »

— Ni plus ni moins, cher frère, et ils ne me guérissaient pas.

— Ici, ils ne guérissent pas non plus, ils aggravent souvent le mal ; mais ils ne prennent que cinq francs pour cela. Du reste, il n'en entre jamais chez moi ; mais parlons qui vaille : voyons, où es-tu descendu ?

— Chez mon vieil ami d'atelier Maricot, tu sais, celui que nous nommions « le Loustic. »

— Oui, oui, bon garçon et très-serviable, fit Daniel en regardant de nouveau sa femme ; mais va chercher ta malle et reviens coucher ici. Sarah et Rachel vont préparer ton lit.

— Avec Freyschutz ? dit timidement Job.

— Allons, soit ! fit Daniel avec un soupir ; et Job se retira après avoir embrassé sa nièce qu'il trouvait charmante, surtout depuis qu'elle avait atteint ses seize ans.

Peut-être aurais-je dû, pour l'intelligence de la scène précédente, raconter ce qui s'était passé la veille ; le voici : Maricot « le loustic » était venu trouver Daniel et lui avait dit :

— Job est arrivé, savez vous ?

— Job ? avait répété Daniel avec épouvante.

— Job ; mais plus Job, cette fois.

— Que voulez-vous dire, mauvais plaisant ?

— Job avec sa malle... Deux crocheteurs pouvaient à peine la porter... Comprenez-vous maintenant ?

— Bah !... Et il n'a rien dit à moi... son frère ?

— Je le crois bien ! il veut vous surprendre, et... vous le dirai-je ?

— Dites toujours.

— Mettre à l'épreuve votre affection pour lui... Mais n'allez pas me vendre, au moins ?

— Pauvre ami ! fit Daniel, c'est mal d'avoir douté de l'affection d'un frère... Après ça, je ne puis lui en vouloir ; nos caractères ne sympathisaient pas et j'ai peut-être été un peu rude avec lui. Il a tant fait de sottises étant jeune ! Mais il est bon, n'est-ce pas ?

— Oui, Job est bon, et je suis sûr qu'il oubliera le passé, s'il voit chez vous un accueil cordial ; mais voulez-vous que je vous donne un conseil ?

— Parlez, mon ami, je vous en serai reconnaissant.

— Eh bien ! ne vous impatientez pas de cette épreuve. Il la veut complète et elle pourra être longue, mais il y a peut-être un moyen de l'abréger...

— Un moyen ? Et lequel ? dit Daniel qui l'écoutait avec un vif intérêt.

— Un mariage. Il aime beaucoup sa petite nièce qui approche, je crois, de ses dix-sept ans...

— Elle n'en a que seize, interrompit Daniel non sans inquiétude.

— Soit ! En Provence, on se marie à quinze !

— Mais pensez-vous...

— Je pense qu'il la prendrait volontiers pour femme et qu'il tiendrait à ne montrer qu'après le contrat ses pépites et ses lingots : « Ainsi, dit-il, je ne pourrais plus douter de l'amitié de mon frère. »

— Ceci, mon cher Maricot, demande réflexion ; il faut que j'en parle à ma femme, il faut...

— Cela vous regarde, interrompit Maricot ; s'il voit en vous du froid, il ira se marier ailleurs.

— Et vous dites, ajouta, après un silence, Daniel devenu pensif, vous dites... que la malle est lourde ?

— La malle est lourde, mon vieux, et la valise aussi, car je pouvais à peine la porter à sa chambre.

— Et... il a couché chez vous... avec ce trésor ?

— Il est si confiant !

— Eh bien ! vous avez raison, mon ami ; après tout, c'est un frère. Il m'a donné bien du chagrin, mais le Seigneur nous commande l'oubli... Nous le fêterons comme l'enfant prodigue de la Bible.

On comprend maintenant la réception faite « à l'enfant prodigue. »

Job était donc venu prendre sa place au logis fraternel, Rachel en était toute joyeuse, et Daniel fort heureux aussi... en espérance. Cependant une chose le tourmentait et atténuait sa satisfaction.

— Sarah ! disait-il, Job n'a porté ici ni malle ni valise.

— Il se méfie, répondait la vieille.

— C'est possible... Mais où les a-t-il mises ? Je ne puis croire qu'il ait laissé un pareil trésor chez ce barbouilleur d'enseignes.

— Ni moi non plus.

— Mais alors ! où l'aura-t-il placée ? On peut tout redouter d'une pareille tête ; car nous pouvons le dire entre nous : c'est une pauvre cervelle que celle de Job, bien qu'il ait fait fortune.

— Il n'y a pas grande science à gratter la terre.

— Il nous faut plus de mal que cela en France !

— A qui le dis-tu ? Que de privations !

— Que d'économies !

— Enfin, l'essentiel, c'est qu'il ait ramassé un magot.

— Et qu'il ne le perde pas !

— Et pour cela... Maricot pense qu'il n'y a qu'un mariage... Cela peut être vrai, mais j'éprouve de la répugnance à donner à cette enfant si jeune un garçon dépensier... un artiste !

— A vrai dire, Sarah, je ne vois guère d'autre moyen ; pourquoi nous donnerait-il son trésor ?

— S'il se le laisse prendre, ce sera par sa femme, et si cette femme n'est pas Rachel, adieu tous nos calculs ! Il va nous faire une dépense énorme !

— A qui le dis-tu ? Rien n'est assez bon pour lui... Mais... crois-tu qu'elle consentira ?...

— Elle en raffole, ne le vois-tu pas? D'ailleurs, en supposant que je me trompe, la petite est obéissante, elle fera ce que nous voudrons.

La conversation en était là quand Job reparut avec Freyschutz. Les deux époux firent à ce dernier des fêtes sans nombre; on lui trouva un air distingué, des allures de chien de race.

— Il est cependant plus maigre qu'au départ, fit Job; c'est qu'il a mené, comme son maître, une dure vie; aussi, son caractère s'en est ressenti : il est devenu hargneux, le pauvre chéri.

— Il ne lui manquait plus que cela, pensa Daniel, mais n'importe!

Et il ouvrit le garde-manger, en tira un vieil os où il restait encore un peu de viande conservée pour le souper, et il le présenta à Freyschutz presque affectueusement.

Le molosse s'accroupit dessus et le dévora avec la voracité d'un chien à jeun.

— Vous allez vous faire adorer du pauvre animal, fit Job de plus en plus ébahi.

Rachel entrait en ce moment.

— Comment la trouves-tu? dit Daniel; n'est-ce pas qu'elle a grandi?

— Et embelli! fit Job en embrassant sa nièce.

— Ah çà! vaurien, dit gaiement Daniel, que vas-tu faire maintenant? J'espère que tu as renoncé à la peinture.

— A la peinture! répliqua Job avec vivacité; non certes!... Mais, au surplus, frère, je suivrai tes conseils : tu es si bon pour moi!

— Voyons, je vais te conduire à ta chambre. Quand tu

y seras établi, si quelque chose te manque, dis-le sans crainte, nous l'achèterons; mais... où est ta malle?

— Ma malle? fit Job surpris de cette question.

— Oui, ta malle, ta valise, ton bagage enfin! il faut que tu aies tout cela avec toi... sous la main.

— Soit! Je vais la chercher.

— Veux-tu que je t'aide, frère?

— Ce n'est pas la peine.

— Que si! que si! ces crocheteurs du port sont si chers... et si curieux! il vaut mieux que nous fassions cela à nous deux.

— Soit! dit Job qui n'y voyait aucun inconvénient.

Il fut donc, avec Daniel, jusqu'à la mansarde où l'avait logé Maricot et au premier abord le vieil avare ne vit rien.

— Serais-je volé? se dit-il en pâlissant.

Mais Job lui enleva bientôt cette angoisse; il souleva les couvertures de sa couchette et lui fit admirer avec quel talent d'artiste il avait fait un lit de camp, d'un seul matelas posé sur une large caisse plate.

— Et... c'est cette caisse qui renferme tes... effets, mon cher Job?

— Mes effets, et quelques objets précieux, quelques galets du pays, dit Job avec simplicité; on ne peut guère revenir de l'autre monde sans en rapporter au moins un souvenir.

— Bien! pensa Daniel, il est fidèle à son plan et garde son trésor au point de dormir dessus : deux qualités que je ne lui connaissais pas; décidément, il a gagné et je puis lui confier Rachel.

— Allons, dit-il, prenons cela par les anneaux et portons-le à nous deux. Est-ce bien lourd ?

— Pas trop !

— Pas assez peut-être? dit Daniel en souriant d'une plaisanterie que son frère ne comprit pas.

Cependant, en la soulevant, son cœur (si cela peut s'appeler un cœur) s'épanouit aussitôt : la caisse était si lourde qu'il fut obligé de la laisser aller, et elle retomba sur le parquet avec un bruit sourd.

— Décidément, dit Job, il faut aller chercher un portefaix ; je suis honteux de te donner tant de mal.

— Du tout, du tout! on est en ce monde pour s'entr'aider ; je ne puis la porter seul, mais à nous deux nous en viendrons à bout. Il est inutile de donner des idées à ces vauriens du port.

Il fut sur le point de lui demander : « Qu'y a-t-il donc de si lourd? » Mais il craignit de se trahir.

La caisse portée par les deux frères à travers Marseille et suivie de Freyschutz, qui était là comme un gardien, fut hissée péniblement jusqu'au sixième étage et enfermée dans la chambre de Job qui la plaça sous son matelas.

La vie fut assez douce pendant les premiers jours : chacun des deux frères, croyant avoir besoin de l'autre, y mettait du sien. Les seules querelles étaient entre Freyschutz et Minet. Un jour Daniel, voyant le chagrin qu'elles causaient à Sarah qui chérissait Minet, et ne voulant pas trop déplaire à Job, prit le parti d'emmener le chien.

— Où vas-tu donc? lui dit son frère.

— Faire prendre l'air à Freyschutz ; il en a besoin ; il est de méchante humeur, et finirait par étouffer le chat qui nous rend de très-grands services.

— Si cela t'amuse !... dit Job en riant; mais ne va pas le perdre au moins !

— Sois tranquille ! répondit Daniel.

Et, pour plus de sûreté, il passa une corde à son collier et crut ainsi le tenir en respect. Mais, peu habitué à cet exercice, le molosse tirait à droite, à gauche, prenait sa course, et force était au vieillard de le suivre, en suant à grosses gouttes.

— Maudit chien ! cria-t-il enfin ; il me fera prendre une fluxion de poitrine.

Au même moment, Freyschutz voyant deux dogues se battre et voulant se mêler à la partie, tira si bien que Daniel trébucha, tomba et lâcha la corde. En se relevant, le nez en sang, il ne trouva plus rien : le chien avait disparu.

Il commença par jurer, puis se calma, et s'effrayant de cette disparition, ne savait comment rentrer au logis. Après Rachel, en effet, Freyschutz était la créature que Job aimait le plus.

Daniel rentra donc l'oreille basse et quand son frère le vit arriver seul, laissant là toute politique, il lui fit une scène affreuse. Les deux époux ne purent calmer l'Américain qu'en lui promettant de ne pas cesser leurs perquisitions jusqu'à ce qu'on eût retrouvé l'horrible animal.

Cet incident montra à Job toute sa force ; il n'en connaissait pas la véritable source, mais s'habituant au despotisme, comme tout être humain, il en abusa : peu à peu il se fit servir en maître ; il lui fallait le potage gras, les huîtres, le rôti, le plat doux et plusieurs desserts, le café, le pousse-café et le cigare. Quel bouleversement d'idées dans le logis !

Dans la douleur que lui causait la perte de « son meilleur ami, » il s'enferma dans sa chambre et n'en sortit que rarement : « Je comprends cela, pensait Daniel ; à sa place, j'y serais encore plus souvent. » Il eut un jour la curiosité de regarder par la serrure ; il vit Job penché sur son matelas et enlevant le cadenas de sa malle.

« Bon ! se dit-il, l'y voilà ; je vais connaître enfin le nombre et la grosseur des lingots ! » Mais Job, se méfiant des regards curieux, avait mis sa serviette sur la porte. La séance fut longue, et chaque jour il s'enfermait ainsi plusieurs heures.

La cupidité et la fièvre de curiosité maigrissaient Daniel.

— Il faut en finir ! dit-il un jour à sa femme ; je n'y tiens plus.

— En finir ? Et comment ? Si tu le brusques, nous perdrons le fruit de cette longue attente.

— Il aime Rachel, il faut presser ce mariage, cela l'adoucira et nous serons sûrs ainsi que le trésor ne sortira pas de la famille.

On en parla à Rachel et son consentement ne se fit pas attendre : sa vie était si triste, et son petit oncle si complaisant ! elle lui devait ses seuls moments de distraction ; il était prévenant, aimable avec elle seule, cédait à tous ses caprices d'enfant... que fallait-il de plus ?

Tout le monde étant d'accord, le mariage s'accomplit le plus économiquement possible. Le cadeau de noces de Daniel fut Freyschutz qu'on lui avait ramené contre les cinquante francs d'étrenne promis par l'affiche. Il attendit bien en retour au moins un lingot, mais il l'attendit en vain. Qu'eût pu lui offrir Job ? Le peintre était heureux de posséder Rachel et de revoir Freyschutz, mais, en reconnaissance de tant de bonheurs inespérés, il ne pouvait donner qu'une affectueuse accolade Ce devrait être beaucoup pour un frère, mais c'était peu pour Daniel qui avait rêvé le Pactole. Une chose le préoccupait : Maricot avait été invité à la noce et nommé garçon d'honneur ; l'avare avait saisi toutes les occasions d'avoir de lui une explication, un détail... Il n'en avait tiré qu'un sourire sardonique qui le tourmentait dans ses rêves... Cet état de choses était trop pénible pour durer longtemps.

Les nouveaux époux étaient en ménage depuis quelques semaines.

Rachel, habituée à une obéissance passive, s'était faite, sans trop s'en rendre compte, à la sordide avarice de la maison ; mais, à chaque pas qu'elle faisait au dehors, elle sentait que sa nature n'était pas là. Puis elle avait toujours eu pour Job une vive sympathie. Aussi, son cœur et sa tête s'épanouissaient-ils à la fois. Daniel ne voyait presque plus sa fille, qui passait sa vie dans les champs, sur la mer et dans la chambrette de Job, en attendant des plaisirs plus bruyants. La solitude à deux, c'est tout ce qu'il faut dans une lune de miel. Mais quelque doux que fût ce miel pour les nouveaux mariés, il ne suffisait pas aux deux avares.

— Sarah ! dit un jour Daniel, il faut cependant que tout ceci ait une fin : ils sont mariés maintenant et nous n'avons plus à craindre que Job enlève son trésor de la maison. Qu'y a-t-il dans cette caisse ? Y a-t-il quelque chose ? Cette incertitude me rend malade ; je n'en dors plus.

— Eh bien ! aborde résolûment la question avec ton

frère ; le moment est venu ; s'il a voulu nous éprouver, l'épreuve est terminée, il a tout ce qu'il désirait.

— Et il est temps, ajouta Daniel, que nous rentrions dans nos déboursés ; ils sont énormes ! Écoute, Sarah, j'ai une idée.

— Dis donc vite.

— Les enfants sont allés faire une promenade en mer : rien ne leur coûte ! Ils doivent être actuellement au château d'If ; le moment est favorable ; donne-moi ton trousseau de clefs et des tenailles.

— Que veux-tu faire ? s'écria la vieille Sarah effrayée.

— L'une de ces clefs ouvrira la malle qui est sous son matelas ; il se méfie toujours.

— Et si elle n'ouvre pas ?

— Je crochèterai le cadenas.

— Et puis ?

— Puis nous en mettrons un autre. J'en ai trois en réserve.

— Tu es admirable pour les inventions, dit la vieille un peu rassurée et aussi curieuse que son digne époux.

— Tu es décidée ? Va donc.

Dix minutes après, on eût vu les deux avares, l'un assis sur le matelas, l'autre accroupi sur la caisse, faisant des efforts inouïs pour ouvrir le malencontreux cadenas qui résistait toujours. Cette opération durait depuis une heure et ils étaient à bout de force.

— Damnée serrure ! comme elle tient ! s'écria Daniel.

— Crois-moi, fit Sarah en s'essuyant le front, abandonnons ce travail ; c'est mal, ce que nous faisons là. Job peut nous surprendre et tout serait perdu. Il ne nous aime déjà pas trop, il ne demande qu'un prétexte pour nous quitter, et s'il s'en va avec Rachel et ses lingots, que deviendrons-nous ?

— C'est pour cela qu'il faut en finir, répliqua Daniel exaspéré ; si je tiens une fois le magot, je ne le lâcherai plus et le laisserai crier. Il ne nous traduira pas devant les tribunaux ; un gendre !.... Tandis que si nous le lui laissons, il s'en ira avec, ou l'épuisera en quelques mois. Ne vois-tu pas qu'il a les mains percées comme avant ? Une dépense n'attend pas l'autre. C'est pour son bien, ce que j'en fais ! ce sont nos enfants, après tout ; il faut avoir de la raison pour eux.

— Mais...

— Mais je te dis qu'il faut en finir. Depuis que cet or est là, j'ai des cauchemars toutes les nuits.

Sarah, voyant l'exaltation de son mari, ne le combattit plus que faiblement.

— Attends ! reprit ce dernier, j'ai un moyen...

Et il fut chercher un lourd marteau ; ils le prirent à deux et l'élevèrent au-dessus de leur tête ; mais au lieu de frapper sur le cadenas, il retomba sur la caisse qui se brisa sous le coup.

— Quel malheur ! cria Sarah, et que va dire Job ?

Mais Daniel ne l'écoutait plus ; il était trop préoccupé.

Le premier objet qui se présenta fut une toile représentant Colomb découvrant l'Amérique !...

C'était là le secret des heures de solitude du peintre, qui, craignant d'être surpris, s'enfermait pour mener à bien son chef-d'œuvre, rêve de sa dernière année, gloire du Salon futur !...

Le marteau avait meurtri le front de l'illustre navigateur, destiné à être toujours malheureux, même en peinture.

— Oh ! s'écria Daniel, c'est un tableau !... Mais, reprit-il, s'il n'y avait qu'une toile dans la caisse, elle ne serait pas si lourde ; le rusé compère a mis son trésor au fond ; il n'est pas si niais que je le supposais.

Et il se mit en devoir d'enlever mouchoirs et serviettes, qu'il jetait dans la chambre avec une impatience fiévreuse.

Le fond de la caisse se découvrit enfin, et l'avare put y voir une trentaine de galets plats, parfaitement polis et sur chacun desquels étaient peints les sites les plus pittoresques de San-Francisco...

Il resta médusé.

Au même instant, Job et Rachel rentraient. A la vue de cette chambre en désordre, de cette caisse fracturée, de ces deux vieillards pâles et sans mouvement, ils furent frappés de stupeur.

Rachel, effrayée de la figure bouleversée de son père et ne voyant que son état, l'entoura de ses bras caressants ; il ne fit aucun mouvement.

Job, qui ne comprenait rien à tout ce qu'il voyait, l'interrogea. Il ne reçut aucune réponse : l'avare avait été foudroyé par cette révélation. Toutefois cette secousse morale ne l'avait pas tué : il était fou !

Pendant les quelques années qui lui restaient à vivre, on ne put en tirer qu'un seul mot : « Rien !... » Et ses yeux, si secs pendant un demi siècle, se remplissaient de larmes. La vue de Job lui était particulièrement désagréable.

Sarah supporta mieux sa déceptiou ; entourée des soins prévenants de son enfant, une mère n'est jamais complète ment malheureuse. Toutefois, par suite d'une vieille habitude, elle passait son temps à éloigner de son époux toutes les douceurs de la vie... C'était le seul moyen de donner encore une ombre de satisfaction au pauvre aliéné...

Aussitôt que le vieillard eut cessé de parler, la comtesse s'écria en riant :

— Encore un excentrique, un avare, un aliéné ! Décidément, cher frère, vous tenez à faire passer devant nous tous les êtres disgrâciés. Vos tableaux ne sont pas flatteurs pour le genre humain.

— Ils sont vrais, ils sont tels que je les ai vus ; c'est ma seule réponse. Mais, si je vous fais voir le vilain côté, vous ne me montrez que le beau, vous choisissez de ravissantes arlésiennes qui deviennent des anges de charité...

— Voulez-vous des portraits d'hommes pris aussi sur nature ? interrompit la comtesse, je puis vous en montrer ; et tenez, j'en ai deux tout prêts que m'offre la société de votre frère ; deux vrais gentlemen.

— Voyons, écoutons ! dirent à la fois le vicomte et les deux jeunes gens. Ceci se rapproche de nous et devient plus intéressant.

La comtesse, après avoir un instant recueilli ses souvenirs commença son récit.

A Paris, il n'y a pas, comme dans certaines petites principautés d'Allemagne, un roi de la mode, mais il y a plusieurs variétés d'hommes à la mode : l'élégant, le dandy, le sportman, le gentleman, le gandin, sont des types qu'on ne trouve guère que dans la capitale de la civilisation. Triste privilége.

Emprisonné dans ses bottes vernies, ses gants paille et son col de chemise empesé, le parfait gentleman se lève à midi, déjeune à la Maison-d'Or, au Café-Anglais, promène Pollux et Céline au bois (l'un traînant l'autre), dîne au club, se montre au foyer de l'Opéra, et s'attable chaque nuit au baccarat, sans songer aux questions qui passionnent les érudits ou divisent les hommes politiques ; s'intéressant peu à la gloire, à l'honneur du pays, il professe un souverain mépris pour tout ce qui est sérieux ou utile et met Grisier, Crémieu, Gatechair ou Dusautoy au-dessus des illustrations des lettres, des sciences et de la diplomatie.

Il est rare cependant qu'après avoir ainsi mené la vie à grandes guides et avoir joui de tous les plaisirs licites et illicites, il n'y ait pas un revers de médaille : la satiété ou la ruine : la ruine avec le désespoir, la satiété avec l'ennui et le dégoût de la vie. Triste alternative !

Deux jeunes parisiens, derniers rejetons d'une longue suite d'aïeux, maîtres de leur fortune, et lancés sur le *turf* avec la fougue de leur âge, en étaient là.

L'infernal trio de *Robert* (le vin, le jeu, les belles) avait rongé jusqu'à la dernière maille de la bourse de Louis d'Erville, et fait presque un vieillard de Gaston de Saint-Yves, resté millonnaire.

Un matin, vers cinq heures, à la lueur de cent bougies prêtes à s'éteindre dans leur alvéole de cristal doré, fatigués de vins capricieux et de chants plus que risqués, ils avaient formé le projet d'en finir avec cette vie échevelée et de revenir à l'étude, à la vie calme et douce de la famille et au bonheur vrai.

Ils se l'étaient juré en se séparant, et, chose merveilleuse ! ce *serment d'ivrogne* avait été tenu.

— Louis, mon très-cher, dit Saint-Yves, en serrant la main de son ami, ne nous revoyons plus... que lorsqu'un an aura passé sur cette résolution. Nous le pourrons alors sans crainte de nous perdre l'un l'autre.

— Soit ! répondit Louis avec un peu d'ironie, renonçons à Satan, à ses pompes, à ses œuvres ; vivons en anachorètes, transformons-nous en Bernard, en Jérôme, et ne nous retrouvons qu'à l'état de Saints... Cela me sera plus facile qu'à toi, mon cher Crésus, car je n'ai plus le sou, et tes millions sont de grands tentateurs.

— Je serai plus fort qu'eux, répondit très-sérieusement Saint-Yves.

— Amen !

Sur ce dernier mot, ils se séparèrent.

Louis d'Erville, dès le lendemain, non sans soupirer amèrement, compta et ramassa les débris de sa fortune perdue ; il quitta son existence luxueuse et échangea son hôtel somptueux pour un cinquième étage sur la rue de Rivoli. Il retourna en amateur sur les bancs de l'école, reprit sa chaise de paille à la bibliothèque Mazarine, et redemanda un de ces volumes poudreux, qu'il avait abandonnés pour la *bibliothèque* souterraine de Véry, Véfour et Bignon, dont les œuvres, pleines d'*esprit,* ont pour éditeurs Moët, Laffitte ou Metternich...

La mauvaise saison s'écoula ainsi : les plaisirs de l'intelligence avaient remplacé ceux des sens, aussi s'applaudissait-il déjà de sa résolution, mais l'ennui arriva avec la chaleur et les longs jours. Le vieil homme revenait avec le soleil de juin.

Par une de ces chaudes soirées où l'on cherche en vain sur l'asphalte du boulevard Italien un peu d'air respirable, Louis s'était réfugié sous les marronniers des Tuileries et commençait vers neuf heures à sentir la bienfaisante influence de ces beaux arbres. « Enfin, disait-il, je vais respirer un peu ! » Mais il avait compté sans ses hôtes, c'est-à-dire sans d'impitoyables sergents, terribles aux promeneurs.

Au moment où, enfoncé dans un moelleux fauteuil de fer, il sentait ses yeux se fermer, son intelligence s'obscurcir et les rêves arriver, il fut tout à coup éveillé de cette douce somnolence :

— Holà! lui criait un de ces farouches gardiens, ne nous voyez-vous pas? Debout et en route!

— Déjà? répondit Louis avec un peu d'humeur, il commençait à faire frais et bon ici.

— C'est possible; mais vous devez savoir qu'on ne se promène dans le jardin que lorsqu'il fait jour.

— C'est-à-dire quand il y a du soleil, de la poussière et trente degrés de chaleur.

— Soit! mais c'est la consigne.

Il n'y avait pas à répliquer, moins encore à se révolter; Louis partit avec la foule et se trouva dans la rue des Pyramides. Au moment où, maugréant pour la centième fois, contre les chevaux, les *rats* et le lansquenet qui l'avaient ruiné, contre une tante quasi centenaire qui s'obstinait à lui fermer sa bourse, et contre l'exiguïté de ses ressources personnelles qui ne lui permettaient aucune pérégrination, il hésitait entre les Champs-Élysées, le

Palais-Royal ou son lit... Le lit à neuf heures, en été! Il reconnut une figure amie.

— Gaston! s'écria-t-il.

— Louis! répondit son ancien ami, quelle heureuse rencontre!

— Heureuse surtout pour moi, car elle va me tirer d'embarras. Où allais-tu?

— Prendre une voiture et partir.

— Partir, pour aller où?

— Parbleu! à la campagne.

— A la campagne? Tu es un mortel bien heureux!

— Je ne dis pas non, au moins aujourd'hui; mais mon bonheur est à la portée de tous.

— Sauf du pauvre diable qui, comme ton ami, ne possède pas même de quoi acquérir les vingt mètres carrés nécessaires pour bâtir *un palais* à Meudon ou à Sèvres.

— C'est que tu es trop ambitieux.

— Mon ambition ne va pourtant pas bien loin.

— Veux-tu venir avec moi? Je t'emmène.

— Ce soir?

— Ce soir, non; je n'ai pas averti *mes vassaux*, et la réception qu'on te ferait serait maigre. Nous partirons demain à l'aube. Cela te va-il?

— Parfaitement. Je suis curieux de connaître ton château.

— Sois donc demain sur la place du Palais-Royal; mon équipage y sera.

Le premier de juillet, Louis d'Erville se trouvait à huit heures du matin sur la place indiquée, cherchant avec une certaine curiosité la calèche ou le coupé de son ami, qu'il savait riche et libéral, et se faisait une fête de cette somptueuse villégiature après bien des jours de solitude et d'ennui. Il aperçut enfin Gaston stationnant devant un bureau d'omnibus et tenant à sa main deux petits morceaux de carton jaune un peu sales.

— Te voilà, paresseux ! lui cria celui-ci, tu n'es pas matinal, mais tu es plus heureux que sage : j'ai pris d'avance deux billets pour le premier départ. Grimpe vite.

D'Hervilly s'exécuta d'assez mauvaise grâce, il avait rêvé les voluptueux coussins d'une calèche ou d'un phaéton et la réalité lui offrait une planche, d'autant plus disgracieuse qu'il s'y trouvait placé entre deux fumeurs.

— Quel horrible caporal ! fit-il avec dégoût. Encore si c'était du Maryland ou du Macouba ! c'est donc là ton équipage ? ajouta-t-il d'un air un peu railleur.

— N'est-ce pas le plus agréable au mois de juillet ? De l'air, de la vue, aucun souci de cocher, la liberté de descendre au premier point de vue ; tout y est réuni.

— Ton château ressemble-t-il à ton attelage ? continua Louis du même ton.

— Je veux te laisser le plaisir de la surprise, mais mon attelage est-il donc si laid ? Se peut-il rien voir de plus robuste et de mieux découplé que cette paire de chevaux gris.

Pendant ce temps, les deux mastodontes emportaient, à un trot soutenu, le lourd véhicule, qui ne modéra sa marche que pour gravir une côte un peu raide. A mesure que nos voyageurs montaient, le panorama se faisait plus vaste et le *Val-Fleuri* se déployait dans toute sa beauté. Enfin, l'omnibus s'arrêta près d'un magnifique château qui avait été jadis la demeure de plusieurs rois; Gaston et Louis étaient à Meudon.

— Serais-tu par hasard propriétaire du château? dit ce dernier en riant.

— Tu crois plaisanter, dit Saint-Yves, mais je voudrais bien savoir qui en jouit plus que moi? Ce n'est certainement pas le propriétaire qui ne daigne point y venir, et l'habita-t-il au même titre que toutes les résidences impériales, il n'y éprouverait pas les jouissances douces et toujours nouvelles que j'y trouve: j'y viens souvent au lever du soleil, si beau dans ce vaste panorama. A midi, je me repose sous ses ombrages, et, j'y savoure les bienfaits de la Providence, d'une manière plus complète que la duchesse d'Étampes, le cardinal de Lorraine, le grand Dauphin et le roi Stanislas, qui l'ont successivement habité.

— Mais enfin, château ou chaumière, ton habitation est-elle ici?

— Elle est ici... et ailleurs. J'aime à varier mes plaisirs: une longue uniformité rend tout insupportable, et rien ne vaut le charme du nouveau et de la surprise.

— Ah! çà, railleur, c'est donc une simple promenade en *omnibus* dont tu as voulu me régaler.

— Tu es trop pressé; tu ne sais pas jouir. Admire donc ce tableau grandiose.

Et, bon gré mal gré, Saint-Yves fit remarquer toutes les beautés de son panorama favori:

— Vois, dit-il, ce hardi viaduc sur cette plaine immense où la Seine dessine ses méandres argentés, où le bois de Boulogne déroule le tapis verdoyant de ses bosquets touffus et où Paris étale dans la brume ses monuments de tous les siècles. N'est-ce pas féérique ?

— D'accord! fit Louis en souriant, mais je voudrais bien que ta fée me servit en ce moment autre chose que des méandres et des monuments.

— Tu as faim, homme prosaïque! c'est un reste de nos vieilles habitudes ; mais je ne veux pas que tu calomnies ma fée. Tu vois ce kiosque couronné de pampres verts ; c'est là qu'elle va nous donner à déjeûner, non du foie gras, des perdreaux et du champagne, un festin de Lucullus ou de la Maison-d'Or, mais des œufs frais, de la crême et du miel dans sa ruche, comme à Berne.

— Avec du vin de Suresne pour couronnement ?

— Non, mais avec un bon appétit pour stimulant ; avec cela tout est parfait.

Arrivé au seuil du kiosque, Saint-Yves frappa un coup léger, et la porte s'ouvrit d'elle-même. Les deux amis pénétrèrent dans une espèce de musée, tapissé de tableaux, garni de statuettes, et un petit vieillard, frais et vert encore, s'empara des mains du jeune homme, qu'il pressa avec effusion.

— Vous voilà donc, lui dit-il ; il y a un siècle que je ne vous ai vu.

— Un siècle de huit jours! répondit Saint-Yves en riant, l'amour de l'art ne vous suffit donc pas ?

— Mais vous êtes pour moi l'art personnifié, vous, mon ami, qui seul entre tous avez su comprendre le génie du pauvre solitaire.

— Vous le savez, mon maître : *Oculos habent et non videbunt*... J'ai eu de meilleurs yeux, voilà tout. Mais voulez-vous me permettre de vous présenter un autre

5

moi-même, M. Louis d'Erville et lui donner à déjeûner, car il meurt de faim, et je vous avertis qu'à jeûn il est incapable de rien voir et de rien admirer.

Le vieillard salua d'Erville et se hâta de préparer le menu annoncé par Saint-Yves ; Louis en profita pour dire à voix-basse :

— Dans quel guet-apens m'as-tu conduit? Qu'est-ce que ces Cupidons qui ressemblent à des Silènes, ces Apollons boiteux et ces Vénus bossues? Ah ça! tu ne me condamnes pas, j'espère, à faire l'éloge de ces horreurs.

— Pourquoi pas, si cet éloge fait un homme heureux? c'est si rare! Savez-vous, se hâta-t-il d'ajouter en élevant la voix, savez-vous, mon cher artiste, que votre musée fait déjà son effet sur M. d'Erville. Vous le voyez, il a les mêmes yeux que moi pour vos chefs-d'œuvre.

— Vraiment, dit le vieillard en posant son dernier verre sur la table. Eh bien! monsieur, c'est pourtant vrai! sans cet excellent ami, mes essais ignorés, dédaignés, seraient peut-être restés à tout jamais sur les rayons de mon atelier de la rue Mouffetard. M. de Saint-Yves a su les apprécier, les mettre en lumière et trouver des acheteurs...

— Des acheteurs! interrompit Louis stupéfait; mais comprenant aussitôt à un regard sévère de Gaston qu'il allait se fourvoyer, il reprit :

— Des acheteurs! je le crois parbleu bien; qui pourrait conserver son sang-froid devant cet Olympe? Et moi tout le premier, je veux en avoir un spécimen : voilà une Vénus dont je n'ai pu détacher les yeux depuis mon arrivée.

— N'est-ce pas qu'elle est bien? fit le vieil artiste avec des larmes dans la voix. Je puis cependant vous jurer que ce n'est point une réminiscence de la Vénus de Médicis.

— Ni de celle de Milo, ni de celle d'Arles! ajouta Louis avec un accent convaincu.

— Non, et pourtant, interrompit Saint-Yves, il y a un charme aussi grand, plus grand peut-être. Savez-vous pourquoi? C'est plus nature.

— C'est cela! c'est cela! j'ai toujours eu la pensée d'allier la nature à l'idéal, c'est ce que n'ont compris ni les contemporains de Phidias, ni nos réalistes modernes. Ils sont trop absolus.

Cette vérité si frappante, personne ne l'a devinée; cette *x* artistique, personne n'a pu la dégager avant moi; et cependant l'homme que vous voyez devant vous, ruiné par l'étude, la maladie et le chagrin, en était réduit à vivre de croûtes de pain trempées dans l'eau claire, quand son bon ange lui a envoyé un Saint-Yves. Je ne vous dirai jamais tout ce que j'ai souffert moralement et physiquement pendant cette affreuse période de ma vie!

Et le vieillard, après avoir essuyé une larme rétrospective, pressa encore une fois les mains de Gaston dans les siennes.

— Chaque époque, chaque nation, a eu ses génies méconnus, dit Louis avec un sérieux dont son ami lui sut gré.

La conversation continua sur ce ton pendant tout le temps du déjeûner. La pointe d'ironie était trop spirituellement émoussée pour que l'artiste l'aperçût: il buvait à longs traits à la coupe de la louange la plus exagérée.

— Je pourrais douter de mon talent, dit-il en terminant, si les preuves matérielles n'étaient pas là. Je sais que l'illusion est le péché perpétuel des artistes, mais dans cette Babylone où l'or est tout, on doit être convaincu quand il arrive à flots et qu'on peut à peine suffire aux commandes : à chaque voyage, M. de Saint-Yves et ses amis emportent mes statuettes, mes ébauches même, et c'est à peine si je puis en conserver pour les montrer aux amateurs qui viennent maintenant, non de cet affreux Quartier-Latin où je ne recueillais que des sarcasmes, mais de la Chaussée-d'Antin et du faubourg Saint-Germain.

Après ce déjeûner un peu frugal, mais auquel, comme l'avait dit Saint-Yves, l'appétit donna une valeur réelle, on alla admirer de nouveau le panorama de la terrasse du château, Louis revint chercher sa statuette, et les deux amis quittèrent le vieil artiste enchanté de sa nouvelle connaissance. D'Erville avait enfin compris et secondé Saint-Yves, en s'unissant à lui dans ses éloges, plus charitables que sincères.

Quand nos deux Parisiens furent seuls, Louis prit sa revanche et demanda à Saint-Yves le motif qu'il pouvait avoir pour flatter ainsi la ridicule monomanie de ce vieillard.

— Je te l'ai déjà dit : n'est-ce donc rien que de faire des heureux? M. Borey n'eût rien accepté à titre de secours.

— Mais comment as-tu réussi à le tromper aussi longtemps? Tu n'as pas ici de compères, et il suffit de voir ces prétendus chefs-d'œuvre...

— Il y a peu de connaisseurs à Meudon, ou s'il y en a, ils respectent cette foi profonde de l'artiste en lui-même. Ils la respectent d'autant plus volontiers qu'elle ne leur coûte rien, et que mon vieil ami est un excellent homme.

— Mais elle coûte à quelqu'un en dernière analyse; car, si j'ai bien compris, son *génie* le fait vivre. Quel est donc l'homme assez courageux pour faire collection de ces affreuses statuettes et... pour les payer?

— Tu vois le seul coupable, répondit Saint-Yves en riant; je les ai presque toutes dans ma chambre à coucher, et si elles m'inspirent peu, je puis dire en toute conscience que rien ne m'est plus doux à mon réveil que cette myriade de plâtres ayant une forme plus ou moins humaine, si tu veux, mais qui me rappellent qu'il y a dans le monde un homme, jadis découragé, pauvre et malade, aujourd'hui heureux et heureux par moi.

— Tu as raison, dit Louis en pressant la main de son ami, je n'avais pas compris tout cela, je l'avoue, et je ne regrette plus la pièce d'or que me coûte cette leçon. J'allais jeter ce chef-d'œuvre dans la Seine, je le garde. S'il ne me rappelle pas, comme à toi, une série de bonnes actions, il me dira au moins que j'en ai fait une en ma vie.

— Est-ce que cela ne te donnera pas le désir de faire d'autres courses avec moi?

— Ton exemple est bon à suivre, mon cher Gaston, mais... je n'ai pas le talisman que tu possèdes : depuis nos déplorables folies, ma fortune est plus que médiocre et je n'ai pas, comme toi, une bonne fée et une clef d'or.

— Qui sait? veux-tu en essayer encore demain? Tu connais maintenant mon équipage; s'il ne te déplaît pas trop, trouves-toi avant huit heures au Palais-Royal, et je te promets une excursion au moins aussi intéressante que celle d'aujourd'hui.

Rien de plus solitaire, de plus pittoresque et de plus

propice à la rêverie que le lac d'Enghien, il y a à peine un siècle; rien de plus bruyant aujourd'hui. Son onde silencieuse, qui n'était troublée que par des troupes de canards et de poules d'eau, est maintenant sillonnée d'embarcations remplies de tous les oisifs de la capitale. Ses environs, autrefois déserts, se peuplent tous les jours.

Dans l'une des rues les plus éloignées du centre du hameau, presque en pleine campagne, est une maisonnette blanche, aux croisées vertes, occupée par une famille, riche autrefois, et maintenant réduite à travailler pour vivre : une succession, un procès, le fisc, les avocats et les notaires avaient vu, en six années, la fin d'une belle fortune. Le nombre des fortunes, ainsi détruites au profit de l'État et de tous ces rongeurs, est incalculable.

Trois femmes remplissaient cette modeste habitation, qui se composait d'un salon, deux chambres et une cuisine à pli de corps : de ces trois femmes, l'une était vieille et paralysée, c'était la mère ; l'aînée de ses filles était presque aveugle par suite d'une ophtalmie aiguë, devenue chronique faute de soins suffisants ; l'autre, plus jeune de deux ans, avait un esprit distingué, un caractère ferme, une figure douce et un cœur d'ange. Moins belle que sa sœur avant son infirmité, elle plaisait cependant davantage, surtout à mesure qu'on la connaissait mieux. Elle soutenait seule le poids des affaires, le soin de la maison et le moral de la petite colonie déchue : sa tête inventait, ses doigts exécutaient et sa gaîté animait le pauvre logis.

« Dieu ne peut être méchant, disait-elle souvent ; il le veut ainsi, donc c'est bien. Obéissons de bonne grâce et montrons-lui un bon sourire au lieu d'un visage refrogné... »

« Je ne nie pas l'épreuve, répondait-elle un jour à sa sœur qui lui montrait avec amertume ses yeux injectés de sang, mais elle est utile puisqu'elle existe, et d'ailleurs elle finira, j'en ai la conviction. »

— Ainsi soit-il! répéta la mère avec un soupir; mais en attendant tu travailles jour et nuit, et nous ne pouvons pas t'aider.

— Qu'importe, bonne mère, si je suffis à la tâche!

— Le travail peut te manquer, et alors...

— Alors comme alors... Mais il ne manque pas. Nous a-t-il manqué jusqu'à présent?

— Grâce à M. de Saint-Yves; mais il se lassera un jour: on se lasse de tout, même de faire du bien.

— Mère, ne dis pas cela, c'est de l'ingratitude; et puis tu sais bien que cette idée fait couler les larmes de Clotilde, et que les larmes nuisent à sa guérison. Depuis notre malheur, depuis l'ophtalmie de ma bonne sœur, l'as-tu vu moins assidu?

— Non, sans doute, dit Clotilde en retenant une grosse larme prête à couler; Gaston est excellent, je crois qu'il m'aime encore un peu, mais que trouve-t-il ici? La maladie, la misère...

— La maladie et la misère ne peuvent rien sur un cœur noble. Il est des natures fortes, généreuses qui résistent à tout et je me trompe bien ou M. de Saint-Yves a une de ces natures-là.

Clotilde se leva avec vivacité et vint embrasser sa sœur.

— Je n'ose pas encore te croire, mon Hermine, mais tu es bonne et tu m'as fait du bien.

— Je ne suis que vraie, ma chère sœur, et tiens...

ai-je menti ? Entends-tu ce coup discret ? reconnais-tu ce pas et cette voix ? douteras-tu toujours de tout et de tous pour me faire du chagrin ?

Bien que cette conversation vous ait mis un peu au courant de la situation morale et physique du logis de Mme d'Harvey, quelques mots d'explication sont ici nécessaires.

Pendant qu'elle avait fortune, santé, bonheur, un bonheur tellement complet qu'elle en avait peur, Gaston de Saint-Yves venait passer dans ce doux intérieur les soirées qu'il volait au club, à l'Opéra ou à la bouillotte. Les beaux yeux de Mlle Clotilde ne l'avaient pas laissé indifférent, mais la ruine imprévue de cette maison, qui avait suivi la mort imprévue de son chef, avait paralysé la demande qu'il était sur le point de faire. Il savait que sa famille s'opposerait à cette union et lui-même, emporté par les plaisirs de toute nature, l'avait bientôt oubliée.

Après sa régénération, la solitude à laquelle il s'était condamné remena les pensées du cœur. Le sentiment éteint se réveilla et le nom de Clotilde revint sur ses lèvres. Il était alors libre de sa personne ; il s'informa de l'existence de la pauvre veuve, chercha bien longtemps avant de la découvrir, tant elle avait tenu à cacher sa misère et quand il connut son secret et le lieu de sa retraite il y courut.

Avant la ruine de la maison d'Harvey, on avait bien remarqué l'assiduité de l'élégant et riche gentleman, mais rien n'avait pu faire naître encore l'idée d'une union que le cœur de la jeune fille avait pu seul entrevoir. Si un vague espoir eût encore existé, le malheur l'eût fait évanouir.

L'apparition de Gaston à Saint-Gratien fut donc un événement inattendu, mais un événement immense. Pourquoi M. de Saint-Yves aurait-il fait tant d'efforts pour trouver la trace des recluses s'il n'avait plus les intentions qu'on avait pu lui supposer autrefois?... Mais, d'un autre côté, la réflexion venait détruire l'espoir naissant que cette recherche obstinée avait fait naître : quelle apparence que M. le comte de Saint-Yves recherchât en mariage une jeune fille infirme pour le plaisir de l'enrichir, elle et une mère paralytique? Il y avait là trop de malheurs accumulés... Notre civilisation avancée ne nous a pas accoutumés à de pareils miracles.

Cependant, après la première visite un peu cérémonieuse, embarrassée, Gaston n'avait pas pris un congé définitif, il était revenu ; il avait été plus communicatif, plus empressé avec Mme d'Harvey, presque tendre avec Clotilde, et avait parlé des lumières de la médecine ; plus tard, il s'était informé des moyens d'existence et avait fait entrevoir des secours... Mais, repoussé avec une énergie qui lui plut, il avait exigé qu'on lui dît la nature des ressources de la famille, et avait appris qu'elles étaient à peu près toutes dans le travail de la jeune et laborieuse Hermine.

Ému jusqu'aux larmes de cette confidence, obtenue avec tant de peine, il demanda comme une preuve d'amitié et de confiance, la permission de porter des commandes du faubourg Saint-Germain. La nécessité amena une adhésion timide, et dès ce moment il était venu chaque semaine avec des travaux nouveaux admirablement payés. — C'était une Providence. — En général les Providences de cette nature sont un peu intéressées, mais ici qu'avait-on à craindre ? Les témoignages d'affection qu'il donnait à Clotilde étaient vifs et réels ; on ne pouvait guère espérer que ce fussent ceux d'un prétendant, mais l'état de la jeune malade et l'honorabilité du comte de Saint-Yves ne permettaient pas de laisser supposer une séduction ; on les admit donc comme ceux d'un frère ou d'un véritable ami de la famille.

Nous avons laissé les deux jeunes gens à la porte de la maisonnette de Mme d'Harvey. Saint-Yves avait été reconnu à son coup de marteau. Hermine, la plus vaillante des trois recluses, vint lui ouvrir gaîment, mais elle se retira confuse en voyant un inconnu. L'abandon fit place à la politesse et la réception fut empreinte d'une cérémonie un peu tendue. Il n'en eût peut-être pas été ainsi si le logis eût eu encore son chef, mais des femmes seules sont plus réservées. Néanmoins, après la présentation, la gaîté communicative de Saint-Yves anima peu à peu la réunion. Un modeste déjeuner, offert de bon cœur et avec grâce, acheva la connaissance.

Pendant que Louis causait avec Mme d'Harvey et Clotilde, Saint-Yves pria Hermine de lui accorder un moment d'entretien et surprit un coup-d'œil légèrement sardonique de son ami, mais il s'en inquiéta peu, en pensant qu'il serait bientôt détrompé.

Resté seul avec la jeune fille, il lui fit de Louis d'Herville l'éloge le plus complet : « Ruinés tous deux, lui dit-il, par la vie à grandes guides, le sport, les chevaux, le lansquenet, nous avons tous deux cherché dans le travail des ressources qu'il ne nous refuse pas. »

On comprend la délicatesse de Saint-Yves : en se présentant de nouveau dans la maison et offrant des moyens d'existence, il ne fallait pas qu'on pût croire à une fortune et à des libéralités qui eussent tout fait refuser. Il était donc pauvre pour elle.

Cet éloge de Louis, fait avec chaleur et écouté avec une indifférence au moins apparente, Gaston sortit de sa poche un flacon contenant un collyre qui devait, avec beaucoup de soins et de précautions, guérir l'ophtalmie la plus rebelle.

— Prenez garde à la perfidie des femmes, dit Hermine en riant, Clotilde est capable, une fois guérie, de se servir contre vous des armes que vous lui donnez.

— Plut à Dieu ! dit Saint-Yves avec un soupir, je lui pardonne d'avance son méfait.

La matinée s'écoula au milieu d'une douce causerie ; quelques heures après, nos deux amis étaient casés dans un wagon qui se dirigeait vers Paris à toute vapeur.

— Eh bien ! dit Saint-Yves, que penses-tu de notre nouvelle excursion ?

— Je pense que tu es un heureux mortel.

— Bah ! Et où as-tu vu cela ?

— Dans les yeux d'une charmante fille.

— Hélas ! mon pauvre ami, répondit Gaston avec tristesse, mais ces yeux si vifs, et qui ressemblent si peu à ceux de sa pauvre sœur, te plaisent donc ?

— Je n'ose pas te répondre.

— Ose toujours, ajouta Saint-Yves, mais Louis restant muet, il reprit : Sera-ce ta dernière visite à Saint-Gratien?

— Je le devrais.

— Pourquoi ?

— Pour ne pas m'exposer à être malheureux ou à payer d'ingratitude ton affection pour moi.

— Bien ! très-bien ! mon cher Louis, de la délicatesse, de la vertu ; je vois que je t'avais bien jugé. Mais tu n'as pas le coup-d'œil aussi fin que le sentiment. Je te permets de faire ta cour à Mlle Hermine et te promets d'avance de ne pas m'en offenser.

— Tu es donc bien sûr de ta puissance !

— Non, mais les yeux que tu redoutes pour moi, tu ne les a donc pas vus ?

— Trop, peut-être pour mon repos.

— Les yeux de Clotilde !

— Pas de mauvaise plaisanterie, il ne s'agit pas de Mlle Clotilde.

— Je ne plaisante pas du tout, je te jure.

— Que veux-tu dire alors ? Explique-toi, car je n'y suis plus.

— Je veux dire, mon ami, que ce n'est pas d'aujourd'hui que je connais Clotilde, que ses yeux étaient autrefois plus beaux que ceux de sa sœur et son regard aussi doux ; que ce regard avait été jusqu'à mon cœur et que le cœur oublie rarement et espère toujours.

— Ainsi, ce serait la pauvre aveugle.... que tu aimerais...

— Que j'aime ! interrompit vivement Saint-Yves.

— Mon cher Gaston, tu es admirable et je suis loin de te valoir. Je suis à toi corps et âme. Je retournerai à Saint-Gratien quand tu voudras et dès demain si...

— Là, là... enthousiaste ! calmons-nous. Réfléchis avant d'aller plus loin ; il ne s'agit pas ici d'une amourette et moins encore d'une réminiscence de notre vie passée : il s'agit de l'avenir, de l'existence d'une famille honorable. Je te donne une semaine ; emploie-là à méditer et si ta méditation te ramène à Saint-Gratien, tu sais où stationne mon équipage. Je te laisse sur ce mot-là ; il faut que j'aille chez le docteur ; il est, pour le moment, ma Providence à moi.

Inutile de dire que Louis fut exact au rendez-vous ; la journée était magnifique, la visite fut longue et douce. Cette fois, Saint-Yves avait pris, en sortant du wagon, une modeste voiture de campagne à Enghien ; il fit consentir Mme d'Harvey à s'y laisser placer à côté de sa fille à laquelle on avait attaché un bandeau qui fut l'objet de plaisanteries un peu mythologiques des jeunes gens ; Saint-Yves et Hermine étaient sur le devant ; Louis conduisait.

On fit d'abord le tour du lac.

— Ne nous versez pas ! lui cria Hermine ; quelque gracieux que soit le sort des Naïades, je ne l'envie pas du tout.

— Lui, vous verser ! répondit Saint-Yves, quelle injure ! un ancien membre du jockey-club, qui, autrefois, eût méprisé un attelage de deux chevaux du Mecklembourg : il fallait à sir d'Erville quatre *pur sang* anglais.

— Ne rappelle pas nos folies ; elles m'ont coûté assez cher !

— Et que faites-vous maintenant pour vous consoler de ces disgrâces de la fortune ? dit plus sérieusement Mme d'Harvey.

— Ce qu'il fait, le malheureux ? Il s'ennuie du matin au soir.

— Ah ! monsieur, protestez donc contre cette accusation, s'écria Hermine avec vivacité, un homme de quelque talent peut-il s'ennuyer ?

— Cela m'arrive cependant quelquefois, mademoiselle, dit Louis en rougissant.

— Mais n'est-il pas d'autre occupation que celle du sport : la lecture, le théâtre, les musées, les réunions d'artistes ou d'hommes lettrés ; Paris possède tant de ressources, sans compter celles qu'offre la charité.

— Oui, mais pour la plupart d'entre elles il faut avoir... une fortune que je n'ai plus.

— Les lettres, dit Mlle d'Harvey, ne peuvent-elles être une ressource ? Vous avez sans doute reçu une éducation en harmonie avec votre naissance et votre fortune ; il y a tant de journaux ! ne pouvez-vous écrire ?

— J'en ai eu l'idée, j'y ai renoncé ; les feuilles accréditées de Paris sont occupées, encombrées, il n'y a plus de place, et y en eût-il, elles sont peu enviables par le temps qui court ; les autres sont trop éphémères ; elles se livrent dans le monde artistique, dramatique et littéraire, à la culture de toutes les vanités et à l'exploitation de toutes les rivalités. D'ailleurs le journalisme ne mène à rien qu'à empêcher un *véritable* homme de lettres de faire de longues œuvres et des études sérieuses ; c'est un abîme qui a dévoré les plus fortes organisations. Qu'y deviendrai-je, moi, nouveau venu, sans expérience et sans acquit ?

— Mais n'es-tu pas avocat ? Si je m'en souviens bien, le club et le sport t'ont enlevé au pays latin, où tu cultivais avec succès Cujas et Barthole.

— En effet, dit Louis, je suis bachelier et quelque peu docteur en droit.

— Mais c'est une fortune cela ! dit avec vivacité Mme d'Harvey. Un avocat, dans notre siècle, est tout ce qu'il veut.

— Oui, quand il a des causes et du talent, deux conditions qui me manquent.

— Les causes ne viennent pas d'elles-mêmes et le talent ne s'acquiert que par l'exercice. Tu ne peux donc accuser que ton indifférence ou ta paresse de ta mauvaise fortune. Veux-tu que je te cherche des procès ? Cela manque rarement.

— Je pourrais vous offrir un dossier, dit un peu tristement Mme d'Harvey.

— Je l'accepterais volontiers, si mon travail pouvait vous être utile.

— Qui sait ?... dit timidement Hermine.

— Louis la regarda, et en la voyant rougir d'un mot, lancé un peu étourdiment, il s'écria avec élan :

— J'accepte.

— Un regard de la jeune fille et une chaude poignée de main de son ami le récompensèrent au-delà de son attente. Toutefois, il ne fut plus question de procès : chacun était confus de la tournure de la conversation et de la part qu'il y avait prise ; seulement, au départ, Mme d'Harvey s'éclipsa un moment, reparut avec une énorme liasse de papiers jaunis par le temps et la mit entre les mains de Louis.

— Voilà, lui dit-elle, tout ce qui me reste d'une grande fortune ; je vous le livre.

Louis s'en empara et la remercia avec émotion d'une confiance jusque-là si peu méritée.

— C'est le commencement d'une nouvelle existence, dit-il à son ami.

— C'est cela, répondit Saint-Yves, la chrysalide en est à sa deuxième transformation : après la vie échevelée, la torpeur ; après le néant, la vie d'intelligence et d'amour. C'est la seule enviable en ce monde.

A partir de ce jour, Louis ne vécut plus que pour l'étude : levé avant le soleil, il s'enfermait avec son cher dossier.

Pour éclaircir les doutes qui naissaient à chaque instant dans sa tête encore inexpérimentée, il augmentait sa bibliothèque et y entassait Duvergier sur Dalloz, Pélion sur Ossa... Mais il comprit bientôt que la lecture et la solitude, si bonnes pour la méditation philosophique ou religieuse, ne suffisent pas pour faire un avocat, auquel il faut la discussion, la contradiction et la lutte.

Il se décida donc à porter ses paperasses chez un avoué, ancien ami de sa famille, et lui fit part de ses réflexions et de ses doutes. Celui-ci fut surpris de la justesse de ses idées.

— Ah çà ! mon jeune ami, lui dit-il, vous avez donc pâli sur ce dossier ; vous y attachez tout un monde d'observations ; nous ne prenons pas, d'ordinaire, tant de peine que cela. J'ai feuilleté les pièces que vous m'avez confiées, il n'y a rien à en tirer : ce procès a passé par toutes les juridictions, il a été perdu après avoir ruiné deux familles.

— Que faire alors ?

— Rien pour votre cliente : le procès est perdu et bien perdu ; mais pour vous, mon ami, il peut devenir une source de fortune.

— Comment cela ? demanda Louis étonné.

— Cette conversation m'a révélé en vous un avocat. Vous n'en resterez pas à cette première étude.

— Et qui voudrait me confier des causes ?

— Moi ; les avoués ne sont-ils pas la providence visible

des jeunes avocats ? Venez demain, je vous choisirai quelques dossiers, vous les étudierez, vous plaiderez et je vous dirai, après cet essai, jusqu'où il vous est permis d'atteindre en gloire et en fortune. Fiez-vous à moi, j'ai le coup-d'œil sûr. Votre père m'a jadis rendu des services; je serai heureux de les reconnaître ainsi.

— Monsieur...

— Pas de réplique avant l'essai. Je vous attends samedi après l'audience, nous dînerons ensemble, nous causerons toute la soirée, et vous verrez que tout ira bien. Et maintenant, adieu, je suis débordé par les affaires.

Louis fut exact au rendez-vous; il avait passé une nuit agitée, sans sommeil; poussé vers le barreau par le souvenir d'Hermine, retenu par une paresse invétérée et une médiocre confiance dans ce talent qu'on semblait reconnaître en lui. Dans cette incertitude, il pensa à son ami et courut, à son lever, le trouver dans sa chambre.

Saint-Yves, après avoir écouté son récit avec un vif intérêt, lui dit :

— Je ne te réponds rien; c'est à une autre source que tu dois puiser tes inspirations. Donne-moi le temps de m'habiller, et partons pour Saint-Gratien.

Ils trouvèrent la famille d'Harvey dans les angoisses les plus vives : l'ophtalmie, au lieu de décroître, semblait augmenter ; la malade souffrait, elle était en proie à des crises nerveuses, et la mère inquiète s'était mise au lit par suite de son anxiété. Hermine, seule, calme et résignée, montra aux deux jeunes gens un visage riant. On voyait bien, à ses yeux rougis, que les larmes avaient passé par là, mais la prière et l'espoir avaient ramené le sourire sur ses lèvres. Dans cet état de choses, la visite dût être courte.

— Eh bien, dit la jeune fille à Louis, que pensez-vous de nos paperasses ? cette dernière ancre de salut des pauvres naufragés aura-t-elle quelque efficacité ?

L'avocat, fort embarrassé, regarda son ami, mais ne trouvant rien dans son regard attristé, il répondit à tout événement.

— J'espère beaucoup, mademoiselle.

Si elle eût osé le regarder en ce moment, elle l'eût vu rougir de ce gros mensonge, mais elle avait fait cette question les yeux baissés et, rougissant elle-même de l'espoir que cette pensée faisait naître, elle s'écria :

— Quel bonheur ! je pourrai donc donner à ma pauvre mère une parole de consolation !

Clotilde, de son côté, le remercia avec effusion.

— Les malheureux ont peu d'amis, ajouta-t-elle d'une voix tremblante, nous en avions un dévoué, nous en avons deux maintenant.

Ces quelques mots, à l'adresse de Saint-Yves, ne furent pas perdus : il s'empara de la main de la pauvre aveugle et la retint dans les siennes. Sa figure était bouleversée ; un combat semblait se livrer en lui. Il termina brusquement la séance et entraînant son ami, il prit congé des deux sœurs.

— A bientôt, n'est-ce pas ? dit Hermine.

— A bientôt, répéta-t-il en s'éloignant.

Un long silence suivit ces adieux : aucun des deux amis ne songeait à le rompre, tant chacun était absorbé dans ses propres pensées ; pensées tristes, poignantes, au bout desquelles ils voyaient tous deux l'impossible : « Encore si-elle guérissait! pensait Gaston, je ferais volontiers le sacrifice de la fortune, mais épouser une aveugle. Quel avenir! » — « Si j'avais au moins quelque espoir pour ce malheureux procès, se disait Louis, mais rien, rien... et cependant, j'ai fait une promesse, que je suis dans l'impossibilité de tenir. Comment sortir de là? »

— Tu as manqué de courage, mon pauvre ami, dit enfin Saint-Yves, répondant à la pensée de Louis, tu as donné à cette malheureuse enfant un espoir que tu ne peux réaliser.

— Hélas! j'envie ton bonheur. Tu es riche, toi, au moins; tu peux, quand tu le voudras...

— Épouser une aveugle, interrompit Saint-Yves, c'est là le bonheur que tu m'envies!

— Tout espoir est-il donc perdu?

— Je le crains.

— Tu l'aimes, cependant?

— Je l'aime; mais, je l'avoue, cette épreuve est terrible, et je crains qu'elle ne soit au-dessus de mes forces. Je ferais volontiers l'abandon d'une partie de ma fortune, si je pouvais parvenir à la lui faire accepter, mais me lier à jamais! Suis-je certain de ne pas me décourager un jour, et si je la délaissais, après lui avoir promis d'être son ami, son guide, son soutien... Ne serait-ce pas alors qu'elle serait en droit de m'accuser d'ingratitude? Cette position est terrible!

Arrivés à la gare de Paris, les jeunes gens se séparèrent, en se promettant de se revoir le lendemain.

— La nuit porte conseil, dit Saint-Yves, demain mon parti sera pris.

La nuit, on le comprend, fut pour tous deux sans sommeil, à huit heures, Louis frappait à la porte de son ami, Il était encore au lit, sa figure était calme et sereine, malgré son insommie.

— Eh bien ! lui dit Louis avec une curiosité anxieuse.

— Assieds-toi là et écoute-moi avec patience : j'ai été élevé dans le luxe et l'amour des plaisirs qui ont tué mon père, à peine âgé de cinquante ans. Déjà privé de ma bonne mère, je suis resté orphelin avec cent mille livres de rentes. Fidèle aux traditions paternelles, j'ai donné, tête baissée, dans toutes les jouissances que le monde peut offrir, je n'y ai pas trouvé la mort, mais la satiété et le dégoût. Je ne te décrirai pas cette vie infernale, puisque tu y as englouti ta fortune et ton bonheur ; j'arrive au réveil. Je me suis rappelé un vénérable vieillard, parent de ma mère, vivant dans un hermitage près de Montmorency, au milieu des bonnes œuvres et des pratiques d'une religion douce et consolatrice.

Rafraîchi, régénéré par sa parole onctueuse, j'ai donné à ma vie une direction opposée à celle que j'avais suivie jusque-là : tu en as vu les effets à Meudon et à Saint-Gratien.

— Je commence à comprendre, mon cher Gaston, répondit Louis en lui serrant affectueusement la main ; il y a entre ces deux phases de ta vie la différence qui existe entre le paganisme et le christianisme.

— C'est cela même, mon ami ; tu me disais un jour que tu ne concevais pas qu'avec ma fortune je n'eusse pas un château à moi... Au lieu de cela, j'ai vendu mes bois, mes terres, mes prés de Bretagne et de Normandie ; j'ai tout confié à la Banque de France, et je tire de ses caves comme d'un fonds inépuisable pour faire un peu de bien. Partout où je vais, ne suis-je pas chez moi ? Mon couvert n'est-il pas mis chez mes bons vieillards, chez mes orphelins, à la table de cet artiste dont j'ai *deviné* le talent un peu problématique, enfin à celle de Mme d'Harvey ?

— Là s'arrête malheureusement la série, non de tes bonnes actions, mais de la satisfaction qui en découle. En cherchant à amoindrir les maux d'une famille, tu as trouvé l'anxiété, l'incertitude et la douleur...

— L'incertitude n'existe plus, mon cher Louis.

— Tu serais décidé à épouser Clotilde... même aveugle ?

— J'espère encore en sa guérison ; mais si Dieu ne bénit pas mes efforts, je consacrerai ma vie à rendre la sienne moins malheureuse ; ce sera l'expiation des fautes de ma jeunesse.

— Cela est grand et beau, mon cher Saint-Yves, dit Louis avec une vive émotion, et je voudrais pouvoir t'imiter... mais que puis-je ?

— On peut tout ce qu'on veut fortement. Ton avoué te l'a dit : tu es né avocat sans t'en douter ; étudie, plaide, fais-toi un nom et fais le partager à cette jeune Hermine, si douce, si pure, si dévouée, qui, si j'en crois ma vieille expérience, ne te voit pas d'un œil tout à fait indifférent, puisqu'elle espère en toi.

La conversation entre les deux amis continua longtemps encore, et Louis quitta Saint-Yves, bien résolu à aller retrouver son vieux praticien, à suivre ses conseils et à tout faire pour conquérir une position, un nom et une fortune pour la faire partager à celle qu'il aimait.

Plusieurs mois se sont écoulés depuis la dernière conversation que nous avons rapportée. Nous retrouvons à Saint-Gratien les trois dames autour d'un modeste feu de houille soutenu par une bûche économique, impuissante à renvoyer une chaleur qu'elle ne recevait pas. Mme d'Harvey raccommodait péniblement, de la main qui lui restait libre, le linge un peu usé de la pauvre maison ; Hermine travaillait à l'une de ces broderies fabuleuses que se disputaient les marquises du faubourg Saint-Germain sur la recommandation du comte de Saint-Yves. Clotilde tricotait sans y voir ; c'était la seule occupation permise.

— Voilà bien des jours, disait Mme d'Harvey à Hermine, que M. de Saint-Yves n'est venu, ta broderie va être finie et tu seras sans ouvrage. Dieu sait cependant si nous en avons besoin.

— Pourquoi craindre, bonne mère ? l'ouvrage a-t-il jamais manqué, quand il l'a absolument fallu ?

— Pour cela non, dit Clotilde. Sont-elles heureuses ces grandes dames d'avoir tant de belles choses et tant d'argent pour les payer !

— Oui, et avec cela les jalousies, les rivalités, les tentations... Dieu nous aime plus qu'elles, puisqu'il nous éprouve et nous épargne les occasions de lui désobéir.

— Tu as peut-être raison ; mais l'épreuve est bien longue ! dit Clotilde, en soupirant.

— Vivons au jour le jour et ne songeons pas au lendemain. Il sera peut-être plus beau que nous n'osons l'espérer.

— Oh ! tu es toujours la femme forte, toi ; mais il y a bien longtemps que tu nous dis cela, et en attendant, la mère manque de vêtements chauds, la cheminée manque de charbon, le pot-au-feu est souvent vide, et je demeure incapable d'aucun travail.

— Courage, courage, enfant ! Tiens, voilà que j'ai fini

cette belle broderie. Je gage que ton prétendu va m'apporter au moins deux cents francs pour cela ; nous pourrons regarnir la cheminée et le pot-au-feu.

— Mon prétendu ! dit Clotilde avec un peu d'amertume ; cette plaisanterie vieillit et me devient pénible ; tu le sais bien.

— En effet, dit la mère, il ne faut pas, même en plaisantant, rappeler des idées jadis admissibles, aujourd'hui, hélas ! irréalisables.

— Qui sait ! dit encore Hermine en souriant.

— Te voilà avec ton mot éternel : « Qui sait ! » Moi, je le sais.

— Toi, pauvre sœur ! tu n'y vois pas, que peux-tu savoir ?

— Je sais qu'un homme jeune, beau, plein d'esprit et d'une grande naissance, n'épousera pas une fille pauvre, presque aveugle, abandonnée de tous.

— Excepté de sa mère et de sa sœur, dit Hermine avec un léger accent de reproche ; mais, je le répète, tu n'as pas vu celui que je m'obstine à nommer ton prétendu : si, comme moi, tu pouvais observer son regard attendri, son émotion profonde à l'aspect de ta figure souffrante, mais belle encore quoiqu'amaigrie...

— Un peu de pitié peut-être, interrompit Clotilde en rougissant ; qui n'en aurait pour mon état ? Et d'ailleurs, que peut-il pour moi, si ce n'est partager notre malheureuse vie ? Il tend la sébile pour la pauvre aveugle, le ferait-il pour sa femme ? Jamais. Son orgueil en souffrirait trop. Renonçons donc à ces idées chimériques ; soumettons-nous puisqu'il le faut, mais plus de ces rêves dorés... Le réveil est trop douloureux.

A ce moment, un coup léger se fit entendre à la porte. Hermine fut ouvrir, non sans un léger battement de cœur que la pauvre enfant ne s'avouait pas à elle-même et elle se trouva en présence de Saint-Yves et de Louis, qui, cette fois, étaient accompagnés d'un étranger.

— Mademoiselle, dit le premier, c'est à notre malade que nous en voulons aujourd'hui ; notre visite est pour elle.

— Soyez les bien-venus aujourd'hui et toujours, répondit gracieusement la jeune fille ; et elle présenta l'étranger à sa mère et à sa sœur.

Ce nouveau venu était un docteur allemand, un célèbre oculiste de Dresde, que Saint-Yves avait vu chez la marquise d'Harcourt, et auquel il avait parlé de la maladie devenue très-grave de Mlle d'Harvey. Le docteur s'était fait peu prier pour lui donner des soins, d'abord par amour de l'art, puis pour se poser dans la haute société parisienne, enfin parce qu'il connaissait la position et la fortune de Saint-Yves.

Après les premières civilités, il demanda à *conférer* avec le *sujet*, et après un examen long et minutieux, auquel assista la paralytique en sa qualité de mère, il changea complétement le traitement suivi jusque-là et répondit de la guérison.

Ce mot-là mit du baume dans tous les cœurs, mais le bonheur fut de courte durée : le traitement, très-développé, qu'il prescrivit exigeait tant de temps, de soins et d'argent que les trois pauvres femmes comprirent l'impossibilité de le suivre. Néanmoins l'amour-propre ne leur permit pas la moindre observation. Mme d'Harvey remercia avec effusion le docteur et Saint-Yves ; mais, après qu'ils eurent pris congé, elles se regardèrent et fondirent en larmes.

— Que vous ai-je dit? s'écria Clotilde rompant la première ce silence, et quel moyen de sortir de là maintenant?

— Ingrate! répondit Hermine, avec un sourire encore un peu mouillé, tu y vois du moins l'intérêt que te porte M. de Saint-Yves, la bonne volonté qu'il y met et un espoir de guérison que tu commençais à perdre.

— J'y vois le désir de faire une bonne action et l'impossibilité où nous sommes de le seconder. Rien n'est changé dans notre position, il n'y a qu'une humiliation de plus.

— Encore de l'orgueil, petite sœur, et jamais confiance en Dieu. Sa bonté, aujourd'hui nous ouvre une voie, demain peut-être il aplanira les obstacles.

— Et comment?

— Qui sait?

— Toujours le même mot?

— Que veux-tu? J'y tiens; je le préfère au désespoir: le *Lasciàte ogni speranza* du Dante m'a toujours déplu; en présence de ce vers des damnés tout mon être se révolte. N'est-il pas plus doux de se réfugier dans le sein de Dieu et de lui dire: Que votre volonté s'accomplisse!

Les premières conditions du programme du docteur saxon exigeaient le séjour de Paris. Pharmacien, potions, pommades, tout manquait à Saint-Gratien; et cela était déjà une grande difficulté; aussi la petite colonie, à bout de ressources, et privée des objets les plus nécessaires à la vie, ne songea pas un instant à mettre l'ordonnance à profit: une semaine s'écoula, plus triste encore que les précédentes: l'ophtalmie prenait des proportions de plus en plus alarmantes : les doigts ordinairement si agiles d'Hermine s'arrêtaient, glacés par le froid, et cette fois, elle n'osait plus répéter son mot favori, en répondant aux plaintes incessantes des deux malades; le découragement commençait à la gagner elle-même.

Un matin, un samedi, elle venait d'adresser à la bonne Vierge une de ces prières de vraie foi qui mettent dans l'âme une énergie douce et patiente, lorsqu'elle entendit une voiture s'arrêter devant la porte de la maisonnette. Elle regarda à travers la vitre et vit d'Erville et Saint-Yves descendre d'une riche calèche conduite par un cocher à livrée élégante.

Elle ne comprit pas, mais son cœur bondit dans sa poitrine : elle entrevoyait une nouveauté, un mystère, et un changement quelconque devait amener une amélioration. L'espoir renaissait, peut-être à côté d'un autre sentiment plus doux...

Les deux jeunes gens montèrent les quelques marches et la sonnette annonça leur arrivée.

— Qui peut donc venir par ce temps affreux ? dit Mme d'Harvey qui venait de consulter son thermomètre et y avait vu avec effroi un degré peu en harmonie avec sa provision de charbon.

Saint-Yves se présenta le premier.

— Madame, dit-il, préparez-vous à partir. Je viens vous chercher ainsi que Mlle Hermine et notre chère malade.

Et il serra avec une émotion contenue la main de Clotilde qui, n'ayant rien vu, y répondit lentement et avec une tristesse profonde.

— Partir ! s'écria Mme d'Harvey, et pour aller où ?

— A Paris, répondit gaîment M. Saint-Yves.

— A Paris ! Pourquoi ? comment ? avec qui ?

— Avec M. d'Erville et moi, dans une voiture très-douce qui ne vous fatiguera pas... Quant au pourquoi, la réponse est bien naturelle ; votre santé et celle de Mlle Clotilde motivent assez ce voyage.

— Mais, ajouta Mme d'Harvey avec quelque hésitation, vous savez que ma fortune perdue me défend...

— Qui sait ? interrompit Saint-Yves avec un sourire malicieux à l'adresse d'Hermine.

— Quoi ? Que dites-vous ? Est-ce que mon procès ?... le dossier confié à M. d'Erville aurait-il...

— Pourquoi pas ? interrompit Saint-Yves. Mais, bonne mère, permettez-moi de ne pas m'expliquer encore et de ne songer qu'aux yeux de Mlle Clotilde.

— Ces yeux, dit Clotilde avec un sourire empreint de tristesse, ne préoccupent plus personne.

— Qui sait ? dit encore Saint-Yves en riant.

— Vous vous moquez de moi, fit Hermine avec une adorable petite moue, mais gare à vous !

— Les comptes se règleront plus tard, ma belle ennemie; en attendant, je vous enlève et vous donne une heure pour vous préparer.

— Et votre déjeûner ? gourmand ! dit Hermine avec gaîté, vous l'oubliez ; vous sortez de vos habitudes.

— Pas du tout, pas du tout ; vous nous avez assez traités, c'est à mon tour aujourd'hui.

Les trois dames, ainsi pressées, et ayant pris en hâte les objets les plus nécessaires à cette excursion, qui était, pour leur immobilité habituelle, un grand voyage, descendirent leur unique étage et prirent place dans la calèche,

Saint-Yves à côté du cocher prit les rênes d'une main habituée à ce genre d'exercice.

Les deux chevaux anglais partirent au grand trot, et trois heures après ils s'arrêtaient devant un petit hôtel situé sur le Cours-la-Reine. Saint-Yves, laissant les guides à son groom, s'empressa d'offrir son bras à Clotilde, pendant que Mme d'Harvey descendait de son côté, soutenue par Hermine et Louis. Le premier salon dans lequel ils entrèrent donnait sur un jardin et avait sur le quai de la Seine une vue charmante. Toutes les tentures étaient vertes, et l'œil pouvait s'y reposer sans fatigue. Un canapé était devant un feu de bois pétillant et joyeux ; on y plaça Mme d'Harvey, qui, de là, voyait le mouvement du quai et des bateaux à vapeur sur la rivière. C'était le paradis ; et on sortait du purgatoire !

Cependant, il n'y a pas de bonheur parfait ici-bas ; c'est une vérité un peu cruelle : la curiosité est le péché mignon des dames et elles ne pouvaient la satisfaire : Saint-Yves et d'Erville ne répondaient à leurs questions réitérées que par les plus gracieux sourires.

Un déjeuner splendide fut servi par deux laquais revêtus d'une livrée bleu-ciel et or, la même que celle du cocher, mais le vin de Champagne, qui a le don de délier les langues les plus rebelles, fut impuissant à mettre en mouvement celles de nos jeunes gens : la prière de Mme d'Harvey, les malices d'Hermine et la moue, cependant de plus en plus tendre et gracieuse de Clotilde, rendue au bonheur par une douce étreinte de la main de Saint-Yves, ne purent parvenir à les faire parler : ils prirent congé après le déjeûner en leur disant que tout ici leur appartenait et était à leur disposition : caméristes, laquais, mobilier, linge, cuisine, jardin, provisions de toute nature et jusqu'à une volière, un *aquarium* et une levrette de race, petites passions féminines développées dans des causeries intimes, rêves de malades, sans espoir de réalité...

Il résulta de ce départ et de ce mutisme obstiné une interminable conversation entre les trois dames, qui, cette nuit-là, oublièrent de se coucher, au grand déplaisir de deux femmes de chambre dont les yeux se fermaient en attendant des ordres : « c'est la révision et le gain de mon procès, disait Mme d'Harvey ; je savais bien que je ne pouvais pas le perdre. » Les jeunes filles attribuaient cet *eldorado* si inattendu à d'autres motifs... Mais aucune n'en fit part à la communauté. « C'est le procès ! » dirent-elles à leur mère. Bienheureux procès ! éloquents avocats ! honorables magistrats ! combien d'actions de grâces leur furent adressées !... Quand on a le cœur satisfait, tout le genre humain s'en ressent.

Les chambres des divinités de ce paradis improvisé répondaient au reste du logis ; les plus doux rêves vinrent colorer les heures bien restreintes accordées au sommeil, et quand le gazouillement des hôtes de la volière vint saluer le retour du soleil, chacune d'elles trouva établie sur son divan une simple et élégante toilette du matin.

La camériste, en venant prendre les ordres de Mme d'Harvey, lui annonça la visite du docteur allemand qu'elles avaient déjà vu à Saint-Gratien.

— Bon Dieu ! s'écria Mme d'Harvey, et nous n'avons encore suivi aucune de ses prescriptions.

Elle fit cependant appeler ses filles pour le recevoir, et il félicita Clotilde sur l'amélioration qu'il remarquait dans son état.

— Vous voyez, Mademoiselle, lui dit-il, l'effet infaillible des médicaments prescrits.

— Certainement, Monsieur, répondit Clotilde gaîment, et peut-être un peu le bonheur, ajouta-t-elle en baissant la voix. Rien maintenant ne me paraît plus impossible... même ma guérison.

Le docteur, enchanté des premiers résultats de sa cure, sortit de son nécessaire une pommade d'un effet *infaillible, miraculeux,* en frotta légèrement les yeux du *sujet,* et développa longuement sa méthode curative.

Lorsqu'il fut parti, on attendit les deux gentlemen avec quelque impatience ; on avait hâte de les remercier de nouveau et surtout de savoir le mot de l'énigme, mais on attendit en vain : la journée se passa sans qu'ils eussent donné signe de vie.

Le lendemain Saint-Yves vint seul, il s'informa avec le plus vif intérêt de la santé de chacun ; il fut gai, communicatif, plus tendre avec Clotilde, mais il fut impossible de lui arracher un mot sur les événements de la veille.

Une semaine s'écoula encore dans une attente presque fébrile et le croira-t-on ? la satisfaction d'un bien-être si inattendu, si complet, disparut devant cette déception de chaque journée, de chaque heure. Hermine seule conservait sa placidité accoutumée : le samedi matin, en allant embrasser la paralytique selon son habitude, elle lui dit :

— Espère, bonne mère, j'ai remarqué que ce jour-là nous étions heureux.

— Dieu le fasse ! car je suis décidée à demander à M. le comte de Saint-Yves une explication. Ma dignité de mère de famille et ma délicatesse de femme ne peuvent souffrir un plus long délai.

A peine achevait-elle ces mots qu'un fiacre s'arrêtait à la porte et que la femme de chambre annonçait MM. de Saint-Yves et d'Erville.

— Nous venons vous demander à déjeûner, dit le premier, en baisant avec respect la main de la vieille dame, pendant que Louis voyait avec bonheur les joues d'Hermine se colorer.

— Volontiers, dit Mme d'Harvey, encore sous l'impression de sa longue attente et de la déclaration qu'elle venait de faire à sa fille, mais à une condition : c'est que vous nous direz enfin le secret de ce voyage inattendu, de cette installation trop luxueuse et si peu en harmonie avec ma fortune actuelle. Jusqu'ici, j'ai accepté de vous, bien qu'étranger, des travaux nécessaires pour alimenter la maison ; mais vous avez trop le sentiment des convenances pour ne pas comprendre la position délicate où vous m'avez placée.

— Je la comprends, madame, lui dit Saint-Yves avec émotion et une certaine gravité, je la comprends et dois la faire cesser. Mais je n'ai pas été maître de le faire plus tôt. Dans trois jours, tous vos doutes seront éclaicis et vous serez maîtresse de rester ici ou de retourner à Saint-Gratien, si vous avez quelque regret. Aujourd'hui encore, veuillez me pardonner un mutisme nécessaire... et nous faire servir un modeste déjeûner, car nous mourons de faim.

— Selon votre habitude, dit Hermine en riant, mais j'y ai veillé.

Le repas fut court ; nos deux jeunes gens prirent congé en réitérant la promesse solennelle qu'ils avaient déjà faite.

On peut se peindre l'anxiété des trois dames pendant ce laps de temps : elles eurent la visite régulière du docteur qui, chaque jour, constatait une amélioration sensible dans l'état de la malade, mais dans les moments de solitude, l'imagination, cette folle du logis, se donna carrière : la mère en revenait toujours à son procès, dont elle n'avait jamais désespéré ; Clotilde, qui recouvrait sa gaîté à mesure que la vue lui revenait, attribuait leur bonheur à une tout autre cause ; Hermine était la plus impénétrable ; mais elle aussi avait son idée.

Enfin, ces trois jours s'écoulèrent ; quelque long qu'il paraisse souvent à l'impatience ou à la douleur, le temps s'écoule et s'écoule bien vite. Le mardi 1er avril, à onze heures du matin, un élégant coupé armorié entrait dans la cour.

Un laquais annonça M. le comte de Saint-Yves et M. le baron d'Erville. Nos gentlemen étaient, contre leurs habitudes, en habit noir, cravate blanche et gants paille. Ils saluèrent cérémonieusement les trois dames stupéfaites. Clotilde, de son côté, par une coquetterie bien concevable, avait enlevé son bandeau, et ses beaux yeux semblaient avoir repris leur éclat.

— Madame, dit Saint-Yves d'une voix un peu tremblante, nous venons, M. d'Erville et moi, vous demander l'honneur d'entrer dans votre famille ; nous étions déjà vos enfants par le cœur, voulez-vous être notre mère de par la loi ? Mademoiselle Clotilde n'éprouvera-t-elle aucune répugnance à prendre le nom honorable, je l'espère, de comtesse de Saint-Yves, et vous, Mademoiselle Hermine, celui de baronne d'Erville ? L'affection a fait de nous. deux frères, et comme je suis l'aîné, je me suis chargé de la demande collective.

Les deux jeunes filles restèrent muettes, mais l'incarnat de leurs joues parlait pour elles. Mme d'Harvey répondit avec une émotion qu'elle avait peine à contenir :

— Monsieur le comte, ces offres sont trop belles, trop séduisantes, pour être refusées; elles m'honorent et me rendent la plus heureuse des mères, mais... partout il y a un mais... pardonnez-le moi, je désirerais bien savoir auparavant la source de ce luxe si insolite et si inattendu de trois familles, à peu près ruinées par les événements... Si c'était un revirement de ma fortune, dû aux péripéties et au gain inespéré de mon procès, j'en serais d'autant plus heureuse que c'est à M. d'Erville que je devrais ce miracle. Veuillez vous expliquer, je vous en conjure.

Madame, ma bonne mère, dit Saint-Yves en prenant les mains de Mme d'Harvey, pardonnez-moi de vous avoir trompé jusqu'à présent en ce qui me concerne ; il le fallait pour vous faire accepter des ressources qui vous étaient tout à fait indispensables. Je ne suis point ruiné et ne l'ai jamais été; mais, en revanche, bien corrigé de mes erreurs et de mes folies passées; j'ai renoncé au monde élégant, au sport, au club et à ses entraînements excentriques, pour l'étude et la pratique, autrefois inconnue, de la charité; en vous connaissant, j'ai apprécié les joies de famille, et si je vous ai trompé quelque temps, c'est que je voulais sonder jusqu'au fond et la fermeté de mes résolutions et le caractère de celle dont je désirais faire ma compagne; Madame, et vous Clotilde, me pardonnerez-vous ?

La main que Clotilde lui abandonna, avec le premier et

le plus doux regard de ses grands yeux noirs revenus à la vie furent la meilleure réponse.

— A mon tour maintenant, dit Louis en souriant. Plus imprudent, plus malheureux ou plus sot que mon bon ami Saint-Yves, j'étais bel et bien ruiné par les folies du lansquenet, mais j'ai dû une fortune au dossier que vous avez bien voulu confier à mon inexpérience.

— Le procès! exclama Mme d'Harvey.

— Votre procès m'a fait faire en effet les premières recherches, recherches longues, ardues, mais sans résultat. Que dis-je? avec un résultat immense : ce bienheureux dossier m'a fait connaître un avoué en renom et honnête homme; de plus, il m'a fait reprendre du goût pour l'étude du droit, et, depuis près d'un an, ma position d'avocat s'est faite peu à peu. Tant que je n'ai pu offrir à Mlle Hermine qu'une position précaire, j'ai hésité; j'ai reculé le moment de mon bonheur; mais aujourd'hui je puis lui offrir des rentes assurées et que je vous dois... A mon tour donc, je viens dire à votre charmante fille dont le caractère enjoué et la douce piété m'ont séduit : voulez-vous être la femme d'un légiste dégoûté du monde et qui croit que la vie de famille est la meilleure de toutes les félicités humaines?

Hermine, sans fausse honte, mit franchement sa jolie main dans celle que lui offrait d'Erville, en disant :

— J'accepte... et je n'avais pas tant de tort en disant envers et contre tous : Qui sait?... La confiance en Dieu est la meilleure des garanties; le monde et les apparences trompent souvent; Dieu ne trompe jamais, quand on s'abandonne à lui sans réserve.

Après chacun des récits de la comtesse, le vieillard était visiblement préoccupé. Sa belle-sœur, le croyant fatigué, lui dit en se levant :

— Nos soirées sont douces et intéressantes, mon frère, mais elles ne peuvent durer bien longtemps et je crains pour vous un nouveau départ : tant que vos forces vous permettront de courir dans les cinq parties du monde, votre activité dévorante vous tiendra lieu de tout, mais quand l'âge impitoyable vous clouera dans votre fauteuil, au coin du feu, l'ennui vous gagnera.

— L'ennui, ma sœur, n'est pas un mot français : quand les forces physiques feront défaut, l'activité de l'imagination remplacera l'activité du corps. Elle vagabonde dans le cerveau avec une incroyable vitesse. Ainsi, en lisant, au coin de mon feu, un livre d'histoire, un nom de ville me rappelle une excursion qui m'a été douce et je la refais en idée ; mon attention se porte sur un site du Valais, je vois dans la vallée des vaches magnifiques qui me rappellent celles de Rosa Bonheur que j'ai admirées au Luxembourg, dont je parcours aussitôt les galeries. Je revois par les yeux du souvenir les chefs-d'œuvre d'Ingres et de Flandrin, je m'arrête devant cette Minerve à laquelle mon excellent ami Gatteaux a imprimé un si haut caractère de fierté tempéré par la grâce de la femme. Cette contemplation me reporte à une œuvre du même sculpteur, à la statue du chevalier d'Assas que nous avons admirée au Vigan… Une fois dans ce doux pays, je quitte la sculpture pour le paysage et j'erre avec délices dans cette Suisse en miniature, si souvent parcourue dans nos promenades ;

j'en vois les cascades et les torrents, j'en suis les contours au-delà de ses montagnes et je me repose dans le château patriarcal des Tessan, entre l'aïeule qui file comme au temps de la reine Berthe et les gracieuses jeunes filles qui folâtrent sous ses bosquets. D'autres pensées plus intimes suivent ce rapprochement et ma jeunesse entière se déroule...

Mais j'oublie en causant que je vous ai promis autre chose que ce bavardage de vieillard, jusqu'à présent je vous ai donné des récits plus ou moins longs et peut-être fatigants, j'aurais pu, en fouillant dans ma mémoire, vous raconter de courtes anecdotes de toute nature, mais on se lasse aussi de ces saillies, si piquantes qu'elles soient.

— Non, non! s'écria Adrien; mais, cher oncle, vous êtes donc aussi fort que le baron d'Albikrac?

— Quel tour de force exécutait-il? dit le vieillard en riant.

— Il répondait par une anecdote à tous les mots qu'on lui donnait.

— Que cela? mais je vous en donnerai tant que vous voudrez; ma mémoire est un réservoir alimenté par tant de sources qu'il ne s'épuise jamais.

Cette idée fut acceptée et le vicomte, après s'être recueilli quelques instants, dit à cette folle jeunesse enchantée de prendre le vieux conteur en défaut :

— Je suis prêt!

Adrien proposa le premier mot.

— Voyons, dit-il, je suis bon prince et ne veux pas vous effrayer tout d'abord; je vous donne le choix entre les deux mots qui représentent vos deux passions favorites : *la pipe* et *les voyages*.

— Je te remercie de ta courtoisie, et, pour y répondre, j'accepte tes deux mots.

— Bravo! bravo! s'écria la bande joyeuse, enchantée de voir succéder un jeu animé et plein de surprises à des récits un peu sérieux pour son âge.

— Écoutez bien, dit le vicomte : une jeune dame dont tout l'extérieur annonçait une grande distinction montait, à Londres, dans un wagon de première classe où je me trouvais déjà avec ma chère pipe en bandouillère. J'hésitais toutefois à m'en servir, quand un dandy, moins scrupuleux que moi, alluma son cigare en disant la phrase banale : « Madame, l'odeur du tabac vous incommode-t-elle? » « Je ne sais, monsieur, répondit milady avec une simplicité digne, on n'a jamais fumé devant moi. » La leçon ne fut pas perdue. Depuis lors ma vieille pipe a toujours respecté le beau sexe.

J'arrive aux *voyages :* Il est bien vrai que l'amour que l'on a pour eux devient une passion, mais, comme toute chose, elle a son contraire : l'amour du pays. J'ai connu un jeune émigré, pris de la nostalgie, en 1792, qui passait une vie triste et errante de l'autre côté du Rhin et traversait chaque nuit le fleuve, en bravant mille dangers, pour aller respirer, quelques instants, l'air natal sur la rive française.

— Je comprends cela, dit la comtesse avec émotion.

— A mon tour, dit Léon, je propose *chapon* et *lanterne.*

— Tu veux embarrasser le vieil oncle, mais il ne se laisse pas prendre sans vert.

— Nous verrons bien.

— Voyons le chapon d'abord : un procureur très-avare

avait reçu d'un client un superbe chapon dans l'intérieur duquel le plaideur riche et facétieux avait placé un rouleau de mille francs. L'avare n'eut rien de plus pressé que de faire porter le chapon au marché. A quelques jours de là, le client, ayant besoin de consulter le procureur, lui demanda en riant des nouvelles de la volaille. Voyant que l'homme de loi lui répondait par un remercîment banal, il crut à l'infidélité du cuisinier et révéla la ruse délicate à notre avare... qui alla se pendre de désespoir.

— *Se non è vero è ben trovato,* dit Léon, à la *lanterne* maintenant.

— Ceci a l'air d'une menace! mais nous ne sommes plus en l'an de grâce 1793. Va donc pour la lanterne. Je rencontrai un soir à Constantinople un aveugle portant une cruche d'huile sur sa tête et une lanterne à la main. Intrigué de cette anomalie, je lui demandai à quoi une lanterne pouvait servir à un aveugle. « C'est, répondit-il, pour que les étourdis qui te ressemblent ne viennent pas renverser ma cruche.

— Il n'y a plus que moi à satisfaire, dit la comtesse, que vous donnerai-je en pâture?

— C'est à vous de choisir.

— *Fortune, agonie, damné;* est-ce trop?

— Jamais, mon sac est inépuisable : un financier dont la fortune s'élevait à plusieurs millions, perdit en un seul jour, par suite d'un naufrage, ses immenses richesses; il ne lui restait plus que cent mille francs; cette terrible nouvelle le tua. Son frère, qui, depuis de longues années, avait vécu dans la pauvreté, hérita de cette somme, et mourut à son tour de la joie qu'il éprouva de se savoir si riche!

— Pauvre et faible nature humaine ! dit la comtesse.

— Une ligne me suffira pour répondre à vos deux autres mots : Talleyrand à l'agonie reçut la visite de Louis-Philippe, qui lui demanda comment il se trouvait. « Ah ! Sire, répondit le diplomate, je souffre comme un damné ! » — « Déjà ! » reprit le roi en souriant malicieusement....

En avez-vous assez maintenant ?

— L'heure du lit n'est pas encore arrivée, cher oncle, et sous quelques jours peut-être vous fumerez votre pipe chérie sur les côtes d'Égypte ou dans les jardins de l'Alhambra, donnez-nous encore quelques-uns de vos jolis contes.

— Soit ! dit l'oncle sans se faire prier.

Je me trouvais un jour, avec deux anglais, sur un brick qui fit naufrage. Nous errions depuis longtemps à travers des îles désertes, quand nous réusissons enfin à aborder sur une terre habitée et le premier objet qui se présenta à nous fut une potence. « Grâce à Dieu ! s'écria l'un de mes Anglais, nous voilà enfin dans un pays civilisé ! »

Passons d'Angleterre en France, où nous trouvons un autre genre de civilisation. Pendant la Révolution, lorsqu'on eût substitué un nouveau calendrier à l'ancien, un citoyen se présentant à la commune, on lui demanda son prénom : « *Symphorien,* » dit-il. — Il n'y a plus de saint, fit brusquement le *sans-culotte,* dorénavant tu t'appelleras *Phorien*. — Ah ! reprit le paysan, auquel la leçon avait servi, c'est bon, mais c'est *gulier* tout de même.

Pour le coup, mes enfants, en voilà assez.

— Oh ! encore une anecdote, s'écrièrent les enfants en riant de tout leur cœur, ce sera la dernière et nous vous aimerons bien.

— Qui peut résister à cela ? Voyons et pour le mot de la fin, retournons en Angleterre, c'est le pays le plus riche en excentricités :

Le docteur Kill me raconta un jour que, piqué contre la *Société royale* de Londres qui avait refusé de l'admettre au nombre de ses membres, il s'en vengea de la manière suivante : « J'ai fait, lui écrivit-il, une cure merveilleuse : un matelot s'était cassé la jambe, j'ai eu l'idée de rapprocher les deux parties et de les arroser d'eau de goudron. En peu de temps le malade a ressenti les effets de ce remède et a pu se servir de sa jambe comme auparavant. » Ce récit produisit d'autant plus d'impression qu'un des membres de l'Académie venait de faire paraître un livre sur les vertus de l'eau de goudron. La relation fut lue et écoutée avec un vif intérêt en séance publique, et l'on y discuta de la meilleure foi du monde sur cette cure merveilleuse. Les savants académiciens se divisèrent et finirent par trouver dans l'eau de goudron des propriétés qui expliquaient parfaitement le phénomène. Après la discussion on imprima des volumes *pour* et *contre*, et Dieu sait quand cela aurait fini, lorsque la *Société royale* reçut une seconde lettre du docteur Kill qui contenait ces mots : « Dans ma dernière, j'ai oublié de vous dire que la jambe cassée du matelot était une jambe de bois. »

La plaisanterie ne tarda pas à se répandre et les oisifs de Londres s'amusèrent un peu aux dépens de la *Société royale*.

— Bien terminé ! dit la comtesse en riant, vous avez satisfait la curiosité indiscrète de cette folle jeunesse et vous finissez par un coup de patte contre la médecine.

— N'ai-je pas un peu raison, chère sœur ? grâce à mon

activité, à ma sobriété, à la régularité (morale) de ma vie, je n'ai eu pendant le cours de mes soixante-dix ans qu'une seule maladie : les médecins me l'avaient donnée, la nature l'a guérie...

La famille se sépara sur ce mot-là en se donnant rendez-vous pour entendre le récit promis par la comtesse.

Le lendemain elle commença ainsi :

A quelques lieues de la cité romaine, de Nîmes, dont le bon peuple, se ressentant peut-être de son origine, fait l'amour à coups de poings et la politique à coups de pierre, est la petite ville du Vigan, encaissée et comme perdue dans l'une des plus délicieuses gorges des Cévennes. A l'extrémité nord, derrière la vieille maison des d'Assas, qui sert aujourd'hui de sous-préfecture, est une promenade de châtaigniers, plus que séculaires, car plusieurs d'entre eux datent du règne de Henri IV. Les branches capricieuses de ces géants, décapités par la foudre ou la vieillesse, jettent encore leurs fruits sur un espace immense, et la bande joyeuse de la jeunesse viganaise a peine à les étreindre en unissant douze mains au-dessus de leurs racines qui ondulent sur la place comme autant de serpents boas.

A l'ouest de cette promenade, d'un aspect un peu sévère, est un petit chemin en lacet qui monte, monte toujours, et au faîte duquel l'œil ravi découvre une douzaine de gracieux villages épars sur le versant de la colline, et perdus dans des myriades de mûriers et de châtaigniers divisés en grands clos appartenant à d'anciennes familles du pays : les d'Assas, les Béranger de Caladon, les d'Urre, qui, presque tous, ont eu des aïeux à Jérusalem, à Bouvines, à Fontenoy ou à Klostercamp.

Au milieu de cette côte ombragée et pittoresque qu'on appelle la *Côte d'Aulas*, on distingue une maisonnette ; très peu de chose à l'extérieur, modeste aussi à l'intérieur, mais où cependant le confortable ne manque jamais. C'est la demeure de deux septuagénaires qui y finissent leurs jours avec un unique rejeton, un beau garçon qui, jusque-là, a consolé leur vieillesse, mais qui, n'ayant d'autre société que quelques châteaux isolés et inhabités pendant l'hiver, d'autres ressources que la chasse ou la lecture, aspire au moment de quitter ce qu'il appelle sa *chartreuse*.

Il l'aurait abandonnée, en effet, si ce n'eût été abandonner en même temps ses vieux parents, pour lesquels il avait une tendresse égale à sa vénération.

Voilà le théâtre et les personnages. Cette description terminée, nous sommes tout à notre héros.

Armand de La Baume du Cros avait à peine vingt ans. Sa première enfance avait été malheureuse et bien tourmentée : orphelin presqu'en naissant, il était passé des mains de sa mère, morte après l'avoir allaité, dans celles de son aïeule, et avait ensuite été placé sous la direction d'un jeune abbé qui avait dû le quitter trois ans après pour suivre sa carrière. Nommé curé d'un petit village des Cévennes, ce dernier venait parfois à l'humble castel de La Baume ; mais ces visites, encore douces au cœur, n'étaient plus utiles à l'éducation d'Armand, restée ainsi inachevée.

A l'entrée de l'hiver de 1833, dans la soirée du 4 novembre, la pluie, poussée par un violent mistral, battait les vitres du salon. Le vieux comte était assis dans un vaste fauteuil de cuir, les mains jointes sur sa poitrine. Il dormait. Son chien Noireau, couché à ses pieds, le regardait avec la sollicitude d'un serviteur reconnaissant et dévoué. Mme de La Baume avait son rouet sur ses genoux : de la main gauche elle tournait son fuseau et de la droite épurait et faisait son fil. Armand avait un livre dans les mains, mais son œil distrait se portait alternativement sur le vieillard, le rouet, le chien et souvent sur la pendule qui allait trop lentement à son gré. Il bâillait de temps en temps.

Cet état de choses eût probablement duré une ou deux heures encore, si un domestique n'eut éveillé le comte en annonçant :

— Madame de Campestre !

— Quel bonheur ! s'écria le vieillard en se frottant les yeux ; nous voilà quatre, nous ferons un whist.

— C'est bien aimable à vous, chère madame, dit la comtesse, heureuse de la joie de son mari.

— Que voulez-vous ? répondit la douairière, on aime ses amis ou on ne les aime pas ; on les aime, donc on vient... malgré la pluie et la bise.

— Étienne ! vite un sarment et une chaufferette. Séchez-vous d'abord, chère amie, puis nous causerons.

— Et nous ferons un whist, dit le comte revenant à son idée. Armand, prépare la table et les cartes ; sors les jetons d'argent, Mme de Campestre aime à y voir la noble figure de Louis XIV... *nec pluribus impar !*

Une demi-heure à peine s'écoula dans cette causerie de petite ville, dont le prochain fait tous les frais ; puis les quatre partners prirent place autour de la vieille table, et une partie sérieuse s'engagea.

— Monsieur Armand, dit Mme de Campestre, vous faites peu d'attention aux cartes qui passent. Le comte avait renoncé à cœur. Est-ce le souvenir de votre dernière promenade qui vous trouble ainsi ?

— Hum ! fit le comte, ce serait plutôt le projet d'une autre pérégrination. Si je l'en croyais, il serait demain en route pour Toulouse et Bordeaux, ou peut-être pour Paris !...

— Avec ces temps affreux ; vous n'y songez pas..,

— Ils ne vous effrayent pas plus que moi, interrompit vivement Armand, avec un accent gracieux, bien que mêlé d'un peu d'ironie.

— J'ai au moins cet avantage sur vous que si je ne crains pas la tempête pour trouver mes amis, vous la braveriez pour quitter les vôtres. Ah ça ! mon jeune seigneur, vous vous ennuyez donc bien au château paternel ? on le dirait à vous voir.

Armand ne répliqua pas ; mais son grand'père répondit pour lui :

— Hélas ! chère voisine, c'est un vilain mal que l'ennui, et notre jouvenceau en est atteint.

— Serait-il vrai ? à son âge ! Mais à vingt ans je riais toujours, moi.

— Oui, madame, oui, nos châtaigniers séculaires, nos vallons plus beaux que ceux de la Suisse trop vantée, notre rivière aux ondes capricieuses ne lui suffisent plus, notre société le laisse froid, le whist même a perdu ses charmes. Sa grand'mère a consenti à le laisser aller jusqu'à Nîmes ; il lui faut Toulouse aujourd'hui ; demain ce sera Paris, et qui sait ! l'an prochain, peut-être l'Angleterre ou l'Amérique. Mais Dieu me pardonne ! voisine, vous faites toutes les levées, et vous profitez de mon bavardage. Madame de La Baume, nous sommes battus.

— Oui, mon cher comte, battus... Vous voyez que mon partner n'est pas toujours distrait.

— Bah ! c'est votre jeu qui a tout fait ; mais pour vous prouver que je n'ai pas de rancune, je propose une soupe au perroquet.

— Adopté ! dirent à la fois les deux dames, ce régal là ne se refuse jamais dans nos montagnes.

Et la comtesse se mit en devoir de dégarnir la table de ses cartes et de ses jetons et d'y substituer les éléments nécessaires pour confectionner le *punch cévenol*. Mme de Campestre se chargea de couper les tranches de pain.

— Bien minces ! savez-vous ? dit le vieillard.

— Soyez tranquille, mon cher comte, et songez à votre grillade.

Le vieil Étienne, à la fois cocher, laquais, maître d'hôtel et valet de pied, apporta un *saladier* monstre, dans lequel on étendit les tranches de pain bis, rôties au feu, Mme de La Baume les saupoudra de cassonnade rousse, y joignit quelques *zestes* de citron, et versa ensuite une bouteille de vin de frontignan chaud sur ce mélange.

Le breuvage fut trouvé parfait, savouré jusqu'à la dernière goutte et je ne jurerais pas qu'on ne but point à la santé des *illustres exilés*...

La soupe au perroquet mérite son nom en ce sens qu'elle délie la langue et *ferait parler des morts,* selon le dicton du pays. Les absents sont le sujet favori et l'éternel point de mire des populations ; les châtelaines des villages d'Aulas, Avèze, Bez, Vissec, Arre et Campestre furent passées au fil de la langue.

Cependant, il faut le dire à sa louange, Armand n'y prit qu'une bien faible part : les mots les plus piquants ne lui arrachaient que de rares monosyllabes ou un faible sourire, sa pensée était ailleurs. Aussi, lorsque ce fut, pour Mme de Campestre, le moment du départ, Armand eût-il à subir une dernière mercuriale sur son humeur sombre et morose et sa politesse problématique.

Toutefois, le *divin breuvage* avait fait son effet sur le jeune homme comme sur les vieillards ; bien qu'il ne se traduisît pas en coups de griffes ou en *lazzis* plus ou moins réchauffés (car les plaisanteries cévénoles ont souvent douze ou quinze éditions), il sentait ses paupières lourdes et il lui tardait d'être seul. Aussi après avoir présenté son front au baiser quotidien de ses vieux parents, il se hâta de prendre congé d'eux.

Rentré dans sa modeste chambre, Armand, fatigué de sa soirée, ne tarda pas à se coucher et à s'endormir ; mais à peine eut-il fermé les yeux qu'un rêve délicieux vint remplacer les réalités du whist et de la vie de campagne. Il vit en songe des lacs, des mers, des cités nouvelles et ce Paris ruisselant d'or et de bijoux dont son imagination lui faisait un palais de fées. Là aucune heure inoccupée, aucune journée perdue, là l'ennui est un mot inconnu et vide de sens... La fortune l'y prenait par la main, et, aplanissant tous les obstacles, le conduisait de plaisirs en plaisirs : spectacles, courses, concerts, bals resplendissants, rien n'y manquait. Puis, dans le lointain apparaissait une figure de jeune fille, admirable de pureté, un ange de beauté, de douceur et de grâce qui recevait de lui l'anneau nuptial.

Les broderies les plus fantastiques entouraient ces créations de son cerveau surexcité. Il dormit ainsi jusqu'au lendemain, et quand il s'éveilla, ce fut une horrible réalité qui vint remplacer le rêve ; une nouvelle affreuse circulait dans le hameau. Le choléra était à Nîmes, il envahissait les montagnes et s'approchait à pas menaçants. Hélas ! la vie est ainsi faite : la tête et le cœur enfantent des merveilles, l'imagination les embellit de ses couleurs les plus riantes, la réalité les détruit. Armand l'éprouvait au début de sa vie, l'avenir lui en réservait une plus rude et plus cruelle preuve.

Pendant cinq mois que dura le fléau il n'avait autour de lui que la maladie, la misère, le désespoir et la mort. Ces localités ombreuses et humides furent plus frappées que la plaine, ou la haute montagne et les causses. Ses vieux parents lui offrirent alors un spectacle touchant et admirable : ils avaient pu, entraînés par l'habitude invétérée des petites villes, déchirer le prochain, lui refuser des vertus et mettre à nu ses ridicules ; en face de la mort, on les vit, au mépris de leur propre vie, visiter toutes les chaumières, y porter des médicaments, des bouillons, et du vin généreux ; on les surprit frictionnant, de leurs mains débiles, des malades mourant dans leurs bras... jusqu'au moment où ils furent eux-mêmes victimes du fléau.

Armand, qui les avait accompagnés dans leurs généreuses visites et les avait aidés de tout son pouvoir, leur ferma pieusement les yeux et mêla ses larmes à celles d'une population reconnaissante.

Pendant quelques mois, il fut tout à sa douleur ; mais, resté seul et libre de ses actions, ses regards se tournèrent vers Paris depuis si longtemps le but de tous ses désirs, l'objet de tous ses rêves, et il ne tarda pas à prendre son vol vers cette brillante capitale qui devait, non certes le consoler de la perte de bons parents qu'il aimait, mais le distraire et donner à sa vie, jusque-là inoccupée, un aliment qui lui manquait.

Nous retrouvons en 1836 le jeune comte de La Baume maître d'une fortune assez ronde et installé rue Laffitte, dans un appartement très-confortable. Il avait bien quelques vieux cousins logés entre le Panthéon et le Luxembourg, mais le Paris brillant et bruyant l'avait séduit plus que ce voisinage peu récréatif et trop éloigné du centre. Armand avait assez souffert de son isolement, assez attendu dans sa châtaigneraie ; il voulait jouir, et dans ce but, il s'était donné un élégant coupé, déjeunait chez Tortoni, dînait chez Bignon; allait au bois, puis au bal ou au cercle et passait gaîment la vie. Cette existence va assez bien à certaines organisations imparfaites, aux caractères légers et inconstants qui la font durer indéfiniment, mais elle pèse à la longue à des esprits plus cultivés et plus ardents auxquels il faut toujours des éléments nouveaux.

Armand était de ces derniers : « Toujours faire la même chose, disait-il à ses compagnons, ce n'est pas vivre, c'est végéter comme dans mes montagnes ; je veux quelque chose qui me fouette le sang ou le fasse couler plus vite dans mes veines. Nos promenades sont assommantes, vos dîners soporifiques et vos orgies même nauséabondes ; tout cela est bon un jour... mais après...? »

L'amour du nouveau, de l'imprévu, du mouvement et des émotions, peut-être aussi le besoin d'ajouter à des ressources, vite épuisées avec une existence pareille, l'entraînèrent à la Bourse. Parmi ses commensaux, il avait distingué un agent de change qui cherchait des clients et qui trouva dans notre jeune Cévenol un sujet précieux. Il en eut bientôt fait un adepte de la *prime* et du *report*.

Aventureux et hardi, séduit par le succès des premières opérations, bien choisies et habilement combinées par M. Marbeuf, Armand se lança à fond de train sur les traces des premiers spéculateurs de l'époque. Ses capitaux disponibles ne lui suffisant pas, il vendit ses bois paternels et ne versa pas une larme sur ses beaux châtaigniers, l'orgueil de ses aïeux. Paris, a-t-on dit avant moi et avec raison, Paris tue le sentiment.

Avec des capitaux plus considérables et accrus par ses bénéfices, il put prendre part à des opérations importantes qui toutes réussirent au delà de ses espérances. Il songea alors à monter sa maison. Il acheta un hôtel princier, une de ces délicieuses habitations parisiennes du faubourg Saint-Honoré, qui, par leurs jardins sur les Champs-Élysées, tiennent autant du *cottage* et de la *villa* que de l'hôtel.

Tant que cet emménagement dura, ce fut merveilleux : Paris était le séjour le plus enchanteur, et le jardin d'Armand, situé vis-à-vis le Palais de l'Industrie, un vrai jardin d'Armide. Puis, quand il n'eut plus rien à ajouter à cet *Eldorado,* il en trouva le charme monotone. Ce n'est pas qu'il manquât d'amis, il en vint en foule et de toute qualité. En province, l'amitié est réelle, durable, parce qu'elle est fondée sur les vertus et une longue intimité ; à Paris, elle est inconstante et va à la fortune. La Banque et la Bourse le traitaient de confrère, les Méridionaux, fixés à Paris, de compatriote, et la noblesse du faubourg Saint-Germain se rappelait qu'il tenait à elle par son nom et ses ancêtres. Il était donc très-entouré, mais cela ne lui suffisait pas ; il manquait toujours quelque chose à son bonheur. Armand, nous l'avons dit, était né avec une tendance à cette maladie, qui tient à la fois de l'inconstance, de la mélancolie et de ce dégoût de l'existence que les Anglais appellent le *spleen*. C'est pour lui que le poëte avait fait ces deux vers :

On veut avoir ce qu'on n'a pas
Et ce qu'on a cesse de plaire.

Dans une de ces belles soirées d'été où la douceur de l'atmosphère porte à la rêverie, il fumait son cigare dans son jardin et souriait à d'élégantes amazones, allant parader au bois ; sa rêverie prit un corps et il pensa que ce qui lui manquait ce pourrait bien être une femme. Dès ce moment il se mit en quête ; les héritières de tous les salons où il était reçu sur les deux rives de la Seine furent minutieusement explorées, et, bien que sa raison ne fut pas encore très-mûre à ce point de vue, son choix fut heureux. Il s'adressa à une jeune fille qui, joignant à une brillante fortune un nom sans tache, une éducation chrétienne, et, ce qui ne gâte rien, une figure remarquable ; il la demanda et l'obtint. Tout lui réussissait.

Au commencement de l'hiver de 1838, Armand était déjà en ménage avec une délicieuse petite comtesse rose et blanche, point coquette et aimant peu le monde, mais en revanche adorant son mari. Sa fortune, accrue outre mesure, la Bourse lui déplut ; ce monde d'agioteurs lui devint insupportable, il liquida ses opérations et se sépara des agents, des coulissiers et des spéculateurs comme il s'était séparé de ses vieux châtaigniers, du soleil d'Occitanie et de ses compagnons de table. Pour la première fois, il était heureux et l'avouait volontiers. « Le bonheur est donc de ce monde, disait-il, à force de le voir fuir devant moi, je commençais à en douter. »

Cependant, il se surprenait à désirer encore, mais cette fois ce désir était bien naturel : un ménage sans enfant est incomplet ; la conversation languit quelquefois à deux, elle ne s'arrête jamais sur le bord d'un berceau.

Un an après, le berceau était là et le fils tant désiré y était aussi, plein de santé, de grâce et de gentillesse. Son logis serait peuplé, son nom perpétué, sa fortune n'irait pas à des collatéraux ; de plus, sa moitié ne voyait rien au delà du bonheur que lui donnait son enfant et l'amour de son mari. L'*âge d'or* était revenu pour cet intérieur... Mais cette époque problématique chantée par les païens n'existe plus ici-bas, si elle a jamais existé ailleurs que dans des rêves poétiques.

Les conversations *à côté d'un berceau* finirent par paraître au comte quelque peu terre à terre ; il se fatigua un jour d'entendre parler layettes, langes, jouets, bouillie. L'hiver était arrivé, les invitations se succédaient, il ne fallait pas rompre de brillantes relations, qu'on regretterait un jour... Il songeait déjà à la carrière de son fils et ne voulait abandonner ni le conseiller d'État, ni le maréchal qui pouvaient être utiles à Emmanuel. Il parla d'abord timidement, puis plus haut, d'aller dans le monde. A ces ouvertures, chaque jour répétées et devenues insistantes, la jeune comtesse répondait en embrassant son fils et disait que rien, dans le monde le plus élégant, ne valait ce trésor.

Elle dit cela plusieurs jours de suite, mais vaincue à la longue par l'insistance de son mari qu'elle craignait de blesser, elle se décida à sortir. L'heure où elle quitta le cher ange fut une heure de véritable douleur, mais Armand lui fit observer qu'elle ferait dans un bal une ort sotte figure avec des yeux rouges et elle sécha ses larmes.

Le lendemain, il avait encore une invitation, mais Lucy refusa de sortir. Cette première résistance, en irritant Armand, lui fit désirer davantage encore de se rendre aux dernières soirées de l'hiver, et le lendemain la pauvre mère céda. Bientôt l'enfant fut abandonné à partir de neuf heures. Une femme de chambre veillait près de lui.

Cependant, le carnaval touchait à sa fin. Le comte n'exigeait plus que deux sacrifices pour deux personnages considérables du faubourg Saint-Germain, avec lesquels il était important de rester en bons termes. La jeune femme contrariée, mais soumise par principe et par caractère aux désirs de son mari, demanda, pour unique grâce, de quitter Emmanuel le plus tard possible et de faire sa toilette dans la chambre de son fils.

— C'est un enfantillage, dit Armand, mais faites ce que vous voudrez. Seulement, que votre tendresse maternelle, un peu exagérée, ne vous retienne pas au delà de dix heures. Vous savez qu'on est exact chez la duchesse de L...

Ls 15 février 1839, Mme de la Baume berçait son enfant chéri près d'un bon feu, pendant que sa caméristeattachait de magnifiques dentelles de Bruxelles à une robe de gaze. C'était un cadeau d'Armand et elle tenait à s'en parer pour la dernière soirée.

— Dors, mon enfant, disait-elle, c'est moi qui suis là et c'est moi qui désormais fermerai tous les soirs tes beaux yeux avec un baiser. N'est-ce pas là le droit comme le bonheur d'une mère ?

Emmanuel répondit en élevant ses petits bras vers sa mère, seule réponse qui fut encore permise à son âge.

— Madame, dit la femme de chambre, la robe est prête, elle fera un effet superbe.

— Que m'importe ! J'aimerais mieux rester ici.

— Mais l'enfant va s'endormir ; que ferait madame toute seule ?

— Je verrais sommeiller Emmanuel et ne le quitterais pas. N'est-ce pas un bonheur plus grand que tous les bals du monde ?

La camériste fit une petite moue qui semblait dire : « Elle est bien dégoûtée, cette jeune femme là ! Je voudrais être à sa place. Un enfant qui dort, c'est toujours la même chose, toujours bien ennuyeux, et un bal du grand monde, c'est si beau ! »

Elle ne les avait vus, la pauvre fille, que par des portes entr'ouvertes, mais c'était assez pour aiguiser son désir. Le fruit qu'on ne peut avoir est toujours le plus doux et le plus enviable.

— Madame sait, dit-elle en étouffant un soupir né de cette réflexion, madame sait qu'elle doit être habillée pour dix heures, et sa robe est prête.

— C'est bien, dit la comtesse en soupirant aussi, je vais m'habiller. Tiens, berce Emmanuel à ma place.

Elle donna un dernier baiser à son ange, prit d'un geste distrait la robe de gaze et s'approcha du feu ; mais elle ne vit pas que le bout d'une de ses dentelles tant admirées touchait au foyer. Joséphine, s'en apercevant, poussa un cri et la comtesse, croyant qu'il arrivait un malheur à son Emmanuel, se tourna vivement de son côté. La pauvre mère, sans s'en douter, communiquait ainsi le feu aux rideaux du berceau. Les deux femmes se jetèrent alors sur l'enfant pour l'enlever aux flammes, mais elles font vite des progrès avec des matières aussi combustibles. Au moment où la comtesse le serrait dans ses bras, la tête d'Emmanuel en était déjà enveloppée et Lucy, dans son effroi, ne songea pas au seul moyen de sauver l'enfant. Sa tendresse alarmée, épouvantée, le pressa contre sa poitrine et sans la présence d'esprit de la femme de chambre, trois minutes plus tard les deux charmantes têtes n'eussent été qu'un charbon. L'eau, jetée à profusion, finit par éteindre l'incendie, mais il n'était déjà plus temps. Le comte, accouru aux cris aigus qui sortaient de la chambre, trouva sa femme à demi-nue, sans connaissance, la figure calcinée, et son fils à terre, étendu au milieu d'une mare d'eau, comme une masse inerte.

Le désespoir d'Armand est plus facile à concevoir qu'à peindre ; il s'assura d'abord que ces deux êtres chéris existaient encore ; puis il envoya deux de ses gens en quête des médecins les plus rapprochés de son hôtel. L'un d'eux fut là aussitôt et s'empressa de rassurer le comte sur la vie de sa femme et de son fils. Leurs jours n'étaient pas en péril, mais à quel prix obtenait-on cette consolation ?... « De longues et cruelles souffrances devaient être la suite de cet événement ; la jeune femme serait à jamais défigurée, et son fils perdrait probablement les yeux. Néanmoins ils vivraient. » Tel fût l'arrêt du docteur.

Deux mois se sont à peine écoulés et nous retrouvons les trois personnages de notre drame, dans la même chambre, près du même berceau. Les beaux traits de Lucy n'existaient plus ; sa figure, son cou, sa poitrine, atteints par les flammes, commençaient à se cicatriser, mais en conservant des traces affreuses et éternelles.

Emmanuel avait à peu près perdu la vue ; néanmoins le

docteur espérait encore, mais il fallait des soins constants, assidus, de tous les instants.

Le comte semblait dormir et sa femme respectait son repos après tant de veilles ; cependant, au bout d'un instant, elle souleva sa tête inclinée, elle était couverte de larmes. Quelques mois plutôt une caresse eût vite séché ces pleurs, mais la malheureuse femme n'osait plus approcher son visage couturé, encore humide de ses plaies récentes, de la figure de son mari ; elle eût craint un mouvement de répulsion.

— Mon ami, lui dit-elle, vous êtes fatigué ; allez vous reposer, notre bonne sœur va revenir. Tenez ! la voici.

Au même moment entrait une religieuse ; elle paraissait avoir une quarantaine d'années. Sa physionomie était distinguée et ses traits empreints d'une certaine sévérité, mais tempérée par la douceur. Tout en elle décelait une grande naissance, une éducation soignée et une instruction hors ligne.

En la voyant arriver et prendre place près du berceau, le comte se leva et sortit sans répondre à Lucy, sans même lui serrer la main. Les deux femmes restèrent seules.

— Vous le voyez, ma sœur, dit la comtesse après un silence ; mon mari me fuit et évite jusqu'au témoignage d'affection que lui demandait ma main. Suis-je assez malheureuse ?

— C'est l'épreuve, lui répondit la religieuse en prenant avec empressement cette main qu'elle serra dans les siennes.

— J'étais belle, continua Lucy, et ma beauté s'est évanouie ; j'avais donné à mon époux un héritier dont il était fier, il n'a plus que la charge d'un aveugle. Aussi est-il maintenant toujours sombre, indifférent, presqu'irrité... Si c'est une épreuve, c'est la plus poignante pour un cœur de femme et de mère.

— C'est celle que Dieu a choisie... pour votre bien sans doute ; comment pourrait-il en être autrement ? N'est-il pas toute bonté comme toute puissance ? Pourquoi vous faire des chagrins imaginaires, ma pauvre enfant, n'en avez-vous pas assez de réels ?

— Hélas !

— Quelle preuve avez-vous de la désaffection du comte ?

— Ne l'avez-vous pas vu ?

— Tenez, ma chère fille, voulez-vous permettre à mon âge, à mon attachement et aux liens qui unissaient ma famille à la vôtre, de vous donner ce nom et de vous parler avec toute franchise ?

— Je vous en prie.

— Eh bien ! votre mari est un enfant gâté ; gâté par la fortune et par vous. Avant le malheur affreux qui l'a frappé, il n'avait connu de la vie que le beau côté ; il a joui constamment et s'est bientôt fatigué de ses jouissances : le premier malheur l'a atterré ; il se débat contre une infortune jusque-là inconnue, et à laquelle il ne veut pas croire encore. Son cœur est brisé, mais non perdu ; une transfiguration s'opère en lui en ce moment. Il fallait cela pour ramener à Dieu cette pauvre âme rassasiée, inquiète, mais non encore corrompue. Dieu se sert de tous les moyens.

— Il en est de bien cruels, ma sœur.

— Jamais au-dessus de nos forces. Vous le verrez quand la crise sera passée. Espérez toujours ; un meilleur temps viendra.

La conversation continua longtemps sur ce terrain et

Lucy se retira, sinon consolée, au moins calmée et presque résignée. La parole de la sœur Angèle était un baume versé sur les plaies de son âme, plus douloureuses et plus difficiles à guérir que celles du corps.

Cependant, la tristesse d'Armand semblait croître et prendre une teinte plus sombre ; il avait rêvé des fêtes et des plaisirs sans fin, la beauté de sa femme lui promettait des satisfactions d'amour-propre dans le monde élégant, et l'intelligence de son fils des jouissances d'une autre nature. La carrière la plus brillante ne l'était pas trop pour le descendant des La Baume. Avant ce moment, il se faisait un bonheur de voyager, de faire voir à sa femme la Suisse et l'Italie, de la présenter ensuite à sa famille avec son héritier, et de recevoir les félicitations de ses amis d'enfance. Ces rêves ne pouvaient plus se réaliser, chacun d'eux devenait une déception poignante. Lucy voyait ou devinait tout cela dans la physionomie assez mobile de son mari, et son chagrin s'en augmentait. Elle versait alors le trop-plein de ses douleurs dans le cœur de sœur Angèle, alliée à sa famille et devenue sa compagne et sa consolatrice.

Aussitôt que la bonne religieuse avait appris le malheur affreux de sa jeune cousine (qu'elle avait un peu délaissée quand elle la savait au milieu de tous les plaisirs), elle était accourue, avec l'autorisation de sa supérieure, offrir ses soins de *sœur de Bon-Secours* et ses consolations de parente dévouée.

Jusque-là, sa douce intervention n'avait été utile qu'à Lucy, et encore dans une certaine mesure ; aussi, bien que la mère et l'enfant n'eussent plus besoin des soins matériels, elle était restée pour achever son œuvre.

Pendant une de ces soirées où la tristesse et le mutisme d'Armand avaient fini par tarir la conversation, elle regardait ces trois êtres, jadis si heureux, avec une tendre sollicitude et une larme vint mouiller sa paupière. Armand l'aperçut, et reprenant aussitôt la parole avec vivacité :

— Vous pleurez, ma bonne sœur, lui dit-il, nos malheurs sont donc bien grands (quoique vous essayez de nous prouver le contraire), puisqu'ils vous arrachent des larmes.

— Je ne cacherai pas cette tristesse, puisque vous l'avez vue, monsieur le comte, mais elle n'a pas sa source où vous la croyez.

— Et où donc ? dit Armand avec étonnement ; est-il d'autres malheurs plus poignants que ceux que vous voyez ici ?

— Non, certes ! mais ce malheur accompli, irrémédiable à un certain point de vue, est-il sans consolation possible ? Après avoir longtemps et sincèrement gémi sur votre infortune trop réelle, je pleure maintenant sur votre persistance à ne recevoir aucun des dédommagements que vous offre la providence.

— Vous allez encore me parler de la charité, interrompit Armand avec quelque impatience ; je le comprends, vous êtes dans votre rôle ; mais je vous ai écouté, j'ai suivi vos conseils ; j'ai donné, beancoup donné aux pauvres ; j'ai probablement fait des ingrats ; mais en ai-je été moins malheureux ?

— Non, sans doute, car vous avez jeté cette aumône sans intention bienfaisante pour vous débarrasser de ce que vous appelez *mes sermons*.

— Et que faut-il de plus aux pauvres ? Ce que j'ai donné suffirait à nourrir dix familles.

— Vous avez fait ce que font presque tous les banquiers ; vous avez sacrifié une petite partie de votre superflu ; c'est peut-être ce qu'on appelle dans la société de la philanthropie ; mais à coup sûr, ce n'est pas de la charité.

— Charité, philanthropie, ce sont des mots, ma sœur ; l'essentiel, c'est que l'aumône se fasse ; quand les pauvres, qui manquaient de tout, sont logés, vêtus et nourris, que demandent-ils de plus ?

— Oh ! monsieur le comte, répondit avec une certaine vivacité la sœur Angèle, on voit bien que vous n'avez pas vécu au milieu d'eux. Oui, en effet, dans votre monde superficiel et blasé sur les jouissances, ces deux mots semblent être synonymes et aller au même but ; il y a cependant entre eux une différence immense : toute celle qui sépare le monde chrétien du monde païen. La philanthropie s'adresse au corps, la charité à l'âme. Elle s'exhale incessamment du cœur et laisse après elle la résignation, le courage, l'espérance. Elle remet les offenses, défend les absents, sourit à la haine, prend en elle de quoi pardonner, de quoi oublier, de quoi soulager, sans laisser soupçonner ses sacrifices et par la fascination de son céleste sourire, endort les mauvais instincts autour d'elle et réveille toutes les vertus.

Sœur Angèle avait cessé de parler, et Armand écoutait toujours ; étonné de l'impression que cette parole onctueuse, douce et pénétrante, faisait sur lui, il se sentait tout autre. Lucy pressait en silence les mains de la sœu et lui témoignait ainsi sa gratitude et sa sympathie.

Cependant, trop orgueilleux encore pour laisser voir son émotion, le jeune comte sortit sans répondre. Il emportait avec lui, non pas le *trait empoisonné* du poète, mais le germe qui devait grandir et fructifier en lui.

Le lendemain, Armand, avec plus de courage qu'il n'en avait montré la veille, aborda résolûment la question. Une nuit d'insomnie et de réflexions sérieuses avait changé le cours de ses idées.

— Ma sœur, dit-il, votre accent était hier si convaincu, votre peinture si touchante, que je veux essayer de votre remède. Au lieu d'envoyer mes offrandes, j'irai les porter moi-même : je verrai les pauvres.

Un regard de Lucy et un sourire angélique de la religieuse le récompensèrent déjà de cette bonne pensée.

— Avez-vous, ajouta-t-il, une famille à visiter et dans laquelle je puisse porter quelque soulagement ?

— Cela manque-t-il jamais ? répondit sœur Angèle ; nous n'avons pas loin à aller, derrière l'église Saint-Philippe-du-Roule, à quelques pas de ces demeures somptueuses, où les riches habitants de Paris ont établi leurs palais, il y a une famille jadis heureuse, aujourd'hui plongée dans la plus affreuse misère par suite de la maladie de son chef. Cinq enfants et une femme vivaient de son travail : il est presque aveugle aujourd'hui.

— Allons-y ! allons-y sans retard ! s'écria Armand, que cette analogie avec sa propre infortune avait vivement touché.

— Demain, nous y serons à temps, dit Angèle en souriant de nouveau de ce zèle de charité si prompt et si inattendu.

Demain, ma sœur ? Non. Je vous demande pardon,

mais je me méfie un peu de la mise en scène; demain, vous aurez vu votre malade et préparé toutes choses. Aujourd'hui, dès à présent si vous voulez.

— Croyez-vous donc, monsieur le comte, répondit la sœur avec quelque sévérité, que les pauvres jouent la comédie pour attirer de plus abondantes aumônes ? Détrompez-vous. Il y en a, j'en conviens, et ce sont justement ceux auxquels vous avez donné jusqu'à présent. Ceux-là sont des mendiants de profession. Les vrais malheureux sont ceux qui souffrent en silence et n'acceptent les secours qu'on leur offre qu'avec une vive répugnance. Mais puisque vous le désirez, je ne suis pas fâchée que vous voyiez par vous-même... Allons.

Deux heures après, ils frappaient au cinquième étage d'une vieille maison de la rue de Courcelles; un enfant vint leur ouvrir, et à l'aspect de la sœur quatre autres marmots plus ou moins vêtus se précipitèrent sur elle en lui baisant les mains. Derrière un paravent était un grabat où gisait un homme encore jeune, avec les yeux bandés; une vieille femme était assise au pied du grabat ayant dans les mains un ouvrage de couture. La chambre était nue, mais propre. Sur le feu était une marmite pleine de pommes de terre. L'aîné des garçons tenait un balai, chacune des filles un vieux linge; *ils faisaient l'appartement.*

Le comte put se convaincre qu'on ne l'attendait pas.

— Mon ami, dit-il à l'ouvrier qui n'avait pu le voir, la sœur Angèle a bien voulu m'amener avec elle dans une de ses visites; excusez mon indiscrétion d'entrer ainsi chez vous sans en être prié.

— Monsieur, répondit Julien, si la bonne sœur a cru devoir vous amener, soyez le bien-venu : tout ce qu'elle fait est bien fait ; mais quelle idée a pu vous porter à cette démarche ! Le double spectacle de la souffrance et de la misère n'est pas doux à voir.

— Il est utile, monsieur Julien, répondit la sœur avec intention, quand le malheur est aussi noblement supporté.

— Vous êtes donc bien malheureux ? dit Armand.

— Vous le voyez, monsieur : j'avais une bonne femme, je l'ai perdue ; un état, et il n'en est plus de possible, cinq enfants, la joie des temps heureux, aujourd'hui ma consolation ; mais ils sont dénués et ils souffrent. Ma vieille mère travaille dix heures par jour, et son travail suffit à peine à payer ces légumes, notre seule nourriture... Mais Dieu le veut ainsi... Que sa volonté soit faite !

— Cependant, si votre situation dure, que deviendrez-vous ? Manger n'est pas tout ; il y a le loyer, les vêtements, les médicaments...

— Dieu ne peut nous éprouver au-delà de nos forces, et en attendant son secours, il nous donne avec le pain quotidien le courage, l'espérance et la foi.

— On voit que la sœur Angèle a passé par là, dit Armand en souriant, mais elle m'a dit vrai : vous êtes un noble cœur. Je ne suis pas venu pour détruire votre quiétude et votre espérance en Dieu. Moi aussi je suis malheureux, éprouvé bien cruellement, et je n'ai pas votre force. Votre exemple me servira, et, sans vous en douter, vous m'aurez fait un don plus précieux que l'or. Voulez-vous, en retour, accepter... Ne vous effrayez pas ! se hâta-t-il d'ajouter en voyant le mouvement de Julien, ce n'est point une aumône que je vous propose, et j'ai la conviction que vous ne me refuserez pas. Mon fils, par suite d'un horrible accident, a les yeux dans l'état des vôtres ; mon médecin, l'une des spécialités les plus célèbres de Paris, le traite depuis deux mois et ne m'enlève pas tout espoir. La nouvelle étude qu'il fera sur vous pourra être utile à deux familles ; consentez-vous à ce qu'il vienne vous voir ?

Le comte sentit en ce moment une main qui serrait la sienne en silence. C'était la vieille mère de Julien. Il se retourna et vit la figure de la pauvre femme couverte de larmes.

— Monsieur, répondit Julien, je ne vous connais pas, je n'ai même pu voir votre figure ; mais je comprends la délicatesse de votre procédé et j'en suis touché jusqu'au fond de l'âme. J'accepte, et je recevrai volontiers la visite de votre docteur ; je n'en ai encore consulté aucun, et... pour mes enfants plus encore que pour moi... je serai heureux qu'il me dise quel doit être mon sort.

— C'est bien, très-bien, dit Armand ; mais vous m'avez enhardi, et maintenant j'y mets une condition : le docteur, sans doute, ordonnera des remèdes, un régime... ; obéissez-lui.

— Soit !... dit en hésitant Julien ; cependant...

— Ne vous inquiétez pas ; vous acceptez le but, il faut vouloir les moyens. Je vous jure, de mon côté, que si le docteur réussit, ces *avances* ne seront qu'un prêt.

— Vous me disiez, en entrant, monsieur, dit Julien ému, que j'étais un noble cœur. Je crois pouvoir vous dire sans flatterie que, si cela est, ce cœur a trouvé son maître. Vous le voyez, je n'avais pas tort de mettre ma confiance en Dieu.

Si quelque observateur eût pu examiner après ces mots la sœur Angèle, qui n'avait encore rien dit, il eût vu sa figure radieuse : son double but était atteint.

— Ma sœur, lui dit Armand en se retournant, vous triomphez, n'est-ce pas? Je ne veux pas nier ma défaite... Mais allons vite chez notre excellent docteur.

Et, sans prendre autrement congé de la pauvre famille, ils sortirent tous deux. Une heure après, le docteur était chez Julien.

Depuis cette visite, Armand n'était plus le même homme. Satisfait, joyeux, il était comme transfiguré. Après un examen consciencieux, le docteur avait répondu de la guérison de Julien, et ce dernier avait accepté, à titre de prêt, une somme assez considérable pour acheter les médicaments nécessaires et pour vêtir convenablement sa petite famille, ainsi sauvée de la misère.

— C'est la première jouissance de ce genre, disait-il à la religieuse ; elle est exquise et je vous la dois. Merci, ma sœur, merci !

— Sera-ce la dernière ? répondit sœur Angèle en riant. Vous n'avez vu qu'un côté du tableau, et c'est surtout l'autre que je veux vous montrer.

Ceci était une énigme pour Armand, mais il se contenta de répondre :

— Faites, ma sœur, je suis à vos ordres. Maintenant, j'ai foi aussi en la guérison de mon Emmanuel, et je vous suivrai au bout du monde. Oh ! je ne croyais pas que le bien fût si doux à faire et que la récompense fût si prompte.

— Patience ! patience ! enthousiaste. Le bon Dieu vous a donné tout de suite *le morceau de sucre* pour vous mettre en goût, mais gare au revers de la médaille ! Demain, si vous voulez, après notre visite à notre aveugle, qui, Dieu merci ! ne le sera bientôt plus, nous irons chez un autre infirme, moins commode et moins pieux.

— Ne m'emmenerez-vous pas ? dit Lucy avec une petite moue de regret.

— Pas encore, ma chérie, dit son mari en lui serrant tendrement la main ; tu n'es pas en état de sortir de quinze jours au moins; mais ton tour viendra. Tu pourrais craindre de montrer une figure un peu moins jolie aux belles dames du faubourg Saint-Germain, qui n'eussent pourtant pas été fâchées de n'avoir plus cette concurrence à redouter ; mais les pauvres ne regardent pas aux traits : la main leur suffit.

— Si elle sait donner ! interrompit sœur Angèle. Je vous arrête ici, car le vieil homme revient ; mais une cure ne se fait pas en un jour, et je ne m'en inquiète pas.

Entre les Invalides et l'École militaire il est une rue autrefois remplie de chantiers, d'usines, de magasins à bois et d'objets de campement militaire, aujourd'hui parsemée de maisons élégantes qui souffrent de ce voisinage et attendent des compagnons un peu plus aristocratiques.

Au rez-de-chaussée de l'une de ces anciennes maisons qui attendent le marteau démolisseur, on entre dans une pièce humide et mal saine, sous laquelle court un ruisseau qui va se perdre dans un égout voisin et dont l'odeur est aussi nuisible à la santé que son humidité pénétrante qui ne permet pas au linge de sécher. Les murs blanchis à la chaux, il y a quelque douze ou quinze ans, sont redevenus noirs et suintent, par leurs nombreuses lézardes. Les briques du pavé sont cassées et font trébucher, à chaque instant, les malheureux condamnés à habiter ce bouge infect, dans lequel on voit pour tout mobilier deux lits de sangle garnis de leur paillasse, deux chaises et une table vermoulue. Un vieillard est sur l'un des grabats ; il a pour couverture un manteau troué et une partie de ses pauvres vêtements. Dans la cheminée, veuve de bois, mais pleine de saletés, que le balai a amoncelées, on aperçoit un petit fourneau avec deux morceaux de charbon qui suffisent à peine pour faire chauffer une tisane.

— Marguerite, disait le vieillard, d'un ton calin, à sa femme, veux-tu me passer la bouteille?

— Je vas te passer la tasse, ça vaudra mieux.

— Non, ça m'affaiblit, ta tisane, je n'en veux plus.

— C'est ça, c'est de l'eau-de-vie qu'il faut à Monsieur, ça lui réjouit le cœur et ça lui ruine le corps, si bien qu'il est déjà tout flambé.

— Tais-toi, Margoton, répliqua moins doucereusement le malade et donne-moi la bouteille que je te demande.

— Encore une fois, non. Tu peux te tuer si tu y tiens, mais je ne veux pas être ton bourreau.

— Tu sais bien que je ne peux pas me lever, sans cela...

— Sans cela tu prendrais la bouteille, tu l'achèverais et tu me la casserais ensuite sur la tête quand tu serais ivre, comme tu as essayé de le faire l'autre jour.

— Margot ! cria cette fois le vieux Jacques exaspéré, donne-moi cette bouteille ou je te...

— Ou quoi? interrompit Marguerite, en ricanant, tu oublies que tu ne peux pas te lever.

Jacques furieux se dressa sur son lit comme un fantôme, laissant apercevoir une poitrine velue, une chemise en lambeaux et une longue barbe inculte ; mais, vaincu par la souffrance, il s'affaissa et retomba aussitôt.

— Vous avez tous juré de me tuer, dit-il d'une voix affaiblie, il vous tarde de n'avoir plus là votre cauchemar, car les enfants ne valent pas mieux que toi ; mais allez ! vous n'attendrez pas longtemps. Rien à manger. . . rien à boire... que cette affreuse tisane ! Une seule chose me soutient et on me la refuse. Malédiction !

— Les enfants ont consulté le médecin à son audience des pauvres ; il a recommandé de changer cette boisson trop forte contre la guimauve ; nous suivons son ordonnance, voilà tout. C'est pas là une preuve qu'on veut te faire mourir.

— Tais-toi, tais-toi ! tout cela n'est qu'un mensonge, vous voulez me tuer.

— Tais-toi, toi-même, vieux enragé ! tu ferais bien mieux de faire une prière et de parler au bon Dieu, si tu crois *t'en aller* bientôt. Monsieur le curé dit que cela reconsole.

— Le curé ne sait ce qu'il dit, ni vous non plus, et vous êtes tous d'accord contre un malheureux qui ne peut plus bouger. S'il était bon, le *bon Dieu*, il me guérirait et ne me laisserait pas souffrir comme un damné...

Jacques achevait à peine ces mots que sœur Angèle entrait avec Armand.

— Ah ! ma sœur, s'écria la vieille Marguerite en voyant entrer Angèle, vous venez bien à propos pour m'aider à mettre à la raison cet enragé. Ne voulait-il pas boire à même cette maudite bouteille !

— Encore de l'eau-de-vie, mon bon Jacques, dit Angèle avec douceur ; vous voulez donc mourir pour tout de bon?

— Là ! vois-tu, entêté ! la sœur dit comme moi et les enfants et le médecin. Mais non ; monsieur prétend en savoir plus que tout le monde et que nous voulons l'assassiner.

— Oh ! ceci est bien mal, Jacques, reprit la sœur ; si vous continuez, nous ne serons bientôt plus amis. Vous n'aimez donc pas le bon Dieu ?

— Avec ça qu'il est aimable pour moi, fit le malade d'un ton moins rogue, mais encore courroucé, faut laisser les *Pater noster* à ceux qui ont des mille et des cents et des caresses et de l'eau-de-vie tant qu'ils en veulent... moi, je n'ai rien ; de quoi que je le remercierais ?

— Écoutez-moi, mon bon Jacques, reprit Angèle, il ne faut pas vous faire illusion : à force de travailler dur dans votre jeunesse...

— Oh ! pour ça, oui, interrompit le marinier, il n'y en avait pas deux comme moi dans le bâtiment.

— Et de boire des liqueurs fortes dans votre vieillesse, continua sœur Angèle, vous avez fini par user votre tempérament et vous êtes près de la fin.

— Ça peut être vrai, ma sœur.

— Ainsi, vous avez dû remarquer dans votre longue carrière sur la mer ou sur la Seine qu'avant de récompenser le mérite, un capitaine de bâtiment avait soin d'éprouver la valeur, la contenance, le sang-froid ou la patience de ses hommes ?

— Souvent, ma sœur.

— Eh bien ! ne comprenez-vous pas que le bon Dieu en fasse autant ? Comment voulez-vous qu'il donne son paradis à un marin jadis vaillant, mais devenu bourru, impatient, entêté et ivrogne ? Cela ne serait pas juste.

— Mais est-ce juste aussi de laisser la vieillesse d'un brave marin se terminer dans une cave humide ? Voyez ces murs ! Je suis sans feu, sans linge, sans nourriture...

— Là ! là ! soyons conséquents : Vous aviez quelques ressources ; depuis votre repos forcé, vous avez contracté la mauvaise habitude de boire, et savez vous ce que coûte l'eau-de-vie ?...

— Oui, que je le sais ! interrompit Jacques avec un soupir.

— Eh bien ! vos petites rentes y ont passé, et quand la soif emporte tout, la faim attend, et non-seulement la vôtre, mais celle de votre femme et de vos enfants. Il y a donc un peu de votre faute. Voyons, un bon mouvement : prenez de ma main cette tasse de tisane ; c'est une épreuve ; peut-être en serez-vous récompensé.

— Vous faites de moi tout ce que vous voulez, dit Jacques.

Et il avala d'un trait le plein bol, non sans faire une horrible grimace.

— Bon, cela ! dit sœur Angèle en riant. Eh bien ! mon vieil ami, puisque vous m'obéissez si bien, je veux vous dire un secret : Vous voyez bien monsieur, ajouta-t-elle en désignant le comte, qui jusque-là s'était tenu dans l'ombre.

— Monsieur ! dit Jacques encore bourru, c'est-il le médecin qui a ordonné la tisane ?

— Non, mon brave ; monsieur est chargé de vous payer un arriéré de solde qui vous est dû et d'y joindre une gratification pour vos bons services de marin. Qu'en dites-vous ? est-ce une récompense, cela, pour le bol de tisane ?

Jacques ouvrait de grands yeux étonnés ; il avait souvent dit à la sœur Angèle en lui racontant ses longs voyages, que si le gouvernement était juste, il lui devait une gratification et une retraite, mais il n'y croyait pas, et pour la première fois il voyait son souhait accompli.

A la prière de la sœur, Armand avait obtenu sans peine d'un de ses amis, chef de division au ministère de la marine, un secours pour le vieux marin.

— Voilà, mon brave ! lui dit-il ; maintenant si vous obéissez ponctuellement à cette seconde Providence qui se nomme sœur Angèle, ce rouleau, encore maigre, fera des petits, et vous aurez au lieu de grabat, un lit ; au lieu de ce vieux manteau, des couvertures ; au lieu de cette cave humide, une chambre au quatrième donnant sur le port de la Seine ; enfin, au lieu de cette tisane, votre cauchemar, un pot-au-feu respectable.

— Et la bouteille d'eau-de-vie ? fit Jacques en levant vers lui ses bras décharnés.

— Oh ! pour cela non ! répondit Armand en riant, puisque c'est ce *sacrifice* que le bon Dieu veut récompenser.

— Ah ! ça ! ce serait donc vrai, ce qu'ils disent ? Alors, alors, donnez-moi le pot de tisane, que je l'achève.

Quelques mois après cette visite, Armand était assis avec sa femme près du berceau d'Emmanuel, et le désespoir n'était plus au milieu d'eux : le docteur, après un long traitement, avait déclaré que les yeux de l'enfant sortiraient sains et saufs de cette terrible épreuve, et qu'il en serait quitte pour de légères cicatrices. Lucy ne pouvait en dire autant : sa figure était couturée et elle était méconnaissable ; mais son mari s'était fait à la voir ainsi, et le cours de ses idées était bien changé. Chaque jour était marqué par une visite nouvelle aux pauvres de son quartier, et chaque visite renouvelait ses forces. Sa grande fortune trouvait un emploi honorable et sa vie un but, une consolation, un plaisir toujours nouveau. Aussi cette phrase que nous lui avons déjà entendu dire : « Je ne croyais pas qu'il fût si doux de faire des heureux, » était-elle devenue sa phrase favorite. C'était le premier bonheur dont il ne se lassait pas.

— Sais-tu que je suis jalouse ? lui dit un jour Lucy avec un doux sourire, tes pauvres ont tous tes moments ; je crois, Dieu me pardonne ! que tu les préfères à ta famille ?

— Non, répondit Armand, non certes ; mais je leur dois tant ! Il m'ont fait connaître les vrais biens, et je crois, au contraire, que je vous en aime davantage. Décidément, leurs bénédictions m'ont porté bonheur ; mais je ne suis pas égoïste, et je veux tenir ma promesse : doré navant nous irons les voir ensemble, et, pour n'être pas ingrats, nous commencerons par Julien, le premier que j'ai vu.

Cette promesse remplit de joie Lucy, qui avait toujours été pieuse et bonne. La pauvre jeune femme avait pu craindre un instant que le dégoût ou l'indifférence de son mari ne suivissent la perte de sa beauté, autrefois si remarquable ; grâce à ce nouveau courant d'idées et à la joie qui inondait à chaque visite le cœur du comte, elle avait non-seulement cessé de craindre, mais elle s'était aperçue que ce sentiment de douce affection, autrefois partagé et flottant un peu à tous les vents, était maintenant concentré entre elle et son fils. Quant à sa beauté, son sacrifice était fait. « Je revivrai dans mon Emmanuel, disait-elle ; n'est-ce pas que c'est tout le portrait de ta Lucy... d'autrefois ? » Une tendre caresse lui fermait la bouche, et elle était heureuse, heureuse de ce bonheur que le monde, même le plus élégant et le plus distingué, ne donne jamais. Que sont les plaisirs de l'amour-propre comparés aux joies du cœur ?

On prit donc jour pour la visite à Julien. Sœur Angèle n'était plus auprès d'eux ; mais, prévenue à temps, elle avait voulu être de la partie. La nourrice portait Emmanuel.

Julien rétabli, s'était mis résolûment à l'ouvrage ; ses enfants étaient proprement vêtus, les plus jeunes jouaient gaîment avec Minet et, pendant que l'aîné donnait à un petit garçon de cinq ans une leçon de lecture, grand'mère soignait un pot-au-feu d'une odeur très-appétissante.

En voyant entrer M. et Mme de La Baume, toute la colonie se leva, Julien se découvrit avec respect et fit asseoir ses hôtes.

— Vous venez jouir de votre œuvre, dit-il à Armand ; eh bien ! soyez satisfait. Vous avez ramené le calme et la joie au sein de toute une famille, qui depuis longtemps ne connaissait que la douleur et les privations.

— Je viens vous remercier, répondit le comte, car moi aussi je suis votre débiteur. Si mon modeste prêt a pu ramener chez vous un peu de bien-être matériel, votre pieux courage a réagi sur ma faiblesse, je pourrais presque dire ma lâcheté, et j'ai été guéri comme vous... Mais vous ne ressentez donc plus rien ?

— Un peu de faiblesse encore, mais cela diminue chaque jour. Vous voyez, monsieur le comte, l'emploi que nous avons fait de votre généreuse offrande.

— Oui, mon ami, votre mobilier a été un peu renouvelé ; il en avait besoin.

— Voyez-vous aussi cette urne et en devinez-vous la destination ? Non, n'est-ce pas ? Eh bien ! je vais vous la dire : Mes meilleures journées sont de 8 fr.; chaque jour la dîme est versée là, et quand la somme sera complète, je vous ferai ma première visite. Ce jour-là sera le plus heureux de ma vie.

— Je comprends votre scrupule, dit Armand en regardant Lucy ; mais si vous ne voulez pas d'autre argent que celui que vous gagnez si noblement par votre travail, vous me permettrez au moins de donner une destination au mien : cette épargne quotidienne sera la dot de cette jolie institutrice de ses frères... Ne me refusez pas ! ajouta-t-il en devinant l'intention de Julien au mouvement que fit celui-ci ; ne me refusez pas, car je croirais que vous êtes fier ou ingrat. Laissez-moi un peu de mérite de mon action et l'idée que cette chère enfant en profitera.

Julien s'inclina sans répondre. La vieille grand'mère vint serrer la main d'Armand et y laissa une grosse larme.

— Eh bien ! avais-je tort ? dit en sortant le comte à Lucy ; quels plaisirs valent donc ceux-là ?

Ils remontèrent en voiture, et cette fois elle se dirigea sur l'un des ports de la Seine, non loin du Champ-de-Mars.

Nous ne raconterons pas la visite à Jacques qu'ils trouvèrent sur pied, très-reconnaissant aussi, mais regrettant encore *la dive bouteille*. Une habitude invétérée de cette nature ne se perd pas en un jour.

Là, comme chez les autres *amis* d'Armand, les bénédictions les plus sincères et les plus vives vinrent récompenser un peu de bien, fait avec simplicité.

— Ils sont vraiment trop reconnaissants, disait le comte à chaque nouvelle démonstration ; ils ne se doutent pas, les braves gens, que c'est moi qui suis l'obligé, et que l'aumône qu'ils m'ont faite est autant au-dessus de la mienne que le ciel est au-dessus de la terre. Qu'étais-je avant de les connaître ? un homme léger, inconstant, sans principe et sans foi ; un homme souvent coupable et toujours malheureux. Si je vaux quelque chose aujourd'hui, c'est à la charité que je le dois. De plus, ils m'ont fait connaître le bonheur, et ils me remercient comme si j'étais leur bienfaiteur. Pauvre nature hnmaine !...

A peine ce récit était-il terminé qu'un valet de chambre porta une lettre sur un plateau d'argent.

La comtesse y voyant l'écriture et les armes de son mari l'ouvrit avec vivacité, et, après l'avoir parcourue, elle dit à sa famille réunie :

— Nos soirées sont finies, mes enfants, votre père, fatigué de son isolement au milieu de la Babylone moderne, nous rappelle près de lui. Cher frère, ajouta-t-elle en souriant, vous voilà libre de partir pour la Chine ou les Indes... Mais, le voyant pensif et attristé, elle ajouta : une séparation est toujours pénible entre parents qui s'aiment, mais l'aigle qui reprend son vol après une semaine de captivité doit-il s'en attrister?... Voyons, vers quels parages va-t-il se diriger?

— Je vais vous étonner, ma sœur, dit-il après un silence; eh! bien, il faut vous l'avouer, vous avez opéré une conversion : vos derniers récits m'ont prouvé que le bonheur de faire du bien autour de soi et d'être béni des malheureux que l'on soulage est au-dessus de celui de courir le monde et de satisfaire une curiosité stérile.

J'avais cru jusqu'à présent que la pratique de la charité était la mission des femmes seules, je comprends aujourd'hui qu'un homme, un vieillard surtout, doit en être heureux...

— Et alors? interrompit la comtesse avec joie.

— Alors, si vous voulez me donner votre héritage en retour du mien, je vous laisserai regagner Paris et attendrai ici que le printemps vous y ramène.

— Mon... héritage? fit la comtesse étonnée, que voulez-vous dire?

— Vos pauvres à consoler et à soigner... vous le voyez, votre éloquence a eu plus de succès que celle de nos hommes d'État, vous avez remué toutes les fibres de mon cœur, et ce cœur a trouvé sa voie.

Inutile de dire l'émotion de la comtesse à cette nouvelle inattendue et ce fut en pleurant d'attendrissement et de joie qu'elle tendit la main au vieillard qui la baisa avec respect, en disant :

— Pardon de vous avoir jusqu'à présent méconnue et délaissée et merci de la douce vengeance que vous en tirez : ma vie jetée à tous les vents, sans but et sans fruit, sera désormais consacrée à faire du bien. Je sais maintenant OU SE CACHE LE BONHEUR !

FIN.

OUVRAGES DE M. ROUX-FERRAND :

HISTOIRE DES PROGRÈS DE LA CIVILISATION EN EUROPE depuis l'ère chrétienne. 6 vol. in-8. *Deuxième édition.* — Médaille d'or.

HISTOIRE DES INVENTIONS ET DÉCOUVERTES FAITES EN EUROPE jusqu'au XIXe siècle. 1 vol. in-18. *Septième édition.* — Médaille d'honneur.

HISTOIRE POPULAIRE DE LA POLOGNE. 1 vol. in-12.

DU BONHEUR DANS LE DEVOIR. 1 vol. in-12. — *Médaille d'honneur.*

LETTRES SUR L'HISTOIRE DE FRANCE. 1 vol. in-18. *Deuxième édition.*

LETTRES SUR LE GARD. 1 vol. in-12. *Deuxième édition.*

VOLTAIRE, SA VIE ET SES OEUVRES. 1 vol. in-8o.

ÉTUDES DE MŒURS :

SACRIFICE ET RÉSIGNATION. — Berri. 1 vol. in-12. — Médaille d'honneur.

PHILIPPE RAIMBAUT. — Champagne. — Languedoc. 1 vol. in-12. *Deuxième édition.*

JANINE. — Languedoc. 1 vol. in-12.

DEUX MÉNAGES. — Champagne. 1 vol. in-12. *Deuxième édition.*

LES HÉRITAGES. 1 vol. in-12. *Deuxième édition.*

LE PRIEUR DE CHAMOUNY. 1 vol. in-18. *Deuxième édition.*

PÉPITES ET LINGOTS. — Languedoc. 1 vol. in-8.

ODYSSÉE DE TOBY LOUVET. 1 vol. in-18. — Médaille d'honneur.

TROIS ÉPOQUES LITTÉRAIRES. *Troisième édition.*

Meulan, imp. de A. MASSON.

OUVRAGES DE M. ROUX-FERRAND.

HISTOIRE DES PROGRÈS DE LA CIVILISATION EN EUROPE depuis l'ère chrétienne. 6 vol. in-8. *Deuxième édition.* — Médaille d'or.

HISTOIRE DES INVENTIONS ET DÉCOUVERTES FAITES EN EUROPE jusqu'au XIXe siècle. 1 vol. in-18. *Septième édition.* — Médaille d'honneur.

HISTOIRE POPULAIRE DE LA POLOGNE. 1 vol. in-12.

DU BONHEUR DANS LE DEVOIR. 1 vol. in-12. — *Médaille d'honneur.*

LETTRES SUR L'HISTOIRE DE FRANCE. 1 vol. in-18. *Deuxième édition.*

LETTRES SUR LE GARD. 1 vol. in-12. *Deuxième édition.*

VOLTAIRE, SA VIE ET SES OEUVRES. 1 vol. in-8°.

ÉTUDES DE MŒURS :

SACRIFICE ET RÉSIGNATION. — Berri. 1 vol. in-12. — Médaille d'honneur.

PHILIPPE RAIMBAUT. — Champagne. — Languedoc. 1 vol. in-12. *Deuxième édition.*

JANINE. — Languedoc. 1 vol. in-12.

DEUX MÉNAGES. — Champagne. 1 vol. in-12. *Deuxième édition.*

LES HÉRITAGES. 1 vol. in-12. *Deuxième édition.*

LE PRIEUR DE CHAMOUNY. 1 vol. in-18. *Deuxième édition.*

PÉPITES ET LINGOTS. — Languedoc. 1 vol. in-8.

ODYSSÉE DE TOBY LOUVET. 1 vol. in-18. — Médaille d'honneur.

TROIS ÉPOQUES LITTÉRAIRES. *Troisième édition.*

Meulan, imp. de A. Masson.

www.ingramcontent.com/pod-product-compliance
Ingram Content Group UK Ltd.
Pitfield, Milton Keynes, MK11 3LW, UK
UKHW021107290826
14628UKWH00014B/863

9 782329 020044